KB130200

오늘의 눈사람이 반짝였다

이영종

시인의 말

눈 오는 날 숭어 맛은
첫손가락에 올려놓을 만하다.
눈이 좋아 펄펄 뛰다가
해감이 되기 때문이라 한다.

나의 시도 오늘이 좋아
혼돈과 질서 사이를 폴짝폴짝 뛰다가
잃어버릴 것은 잃어버리고
코끝이 빨간 희망으로 남았으면 좋겠다.

현실과 상상은 충돌해서 아름답다.

던져지지 아니한 곳에서도 일어날 수 있다.

이제 흔들리는 맛으로 여행을 떠나리.
손대지 않아도 저절로 된다는 숲으로
두려움 씻고 떨기나무 자욱하게 끌어안으리.

2023년 봄
이영종

오늘의 눈사람이 반짝였다

차례

1부 달물 끓어넘치는 소리

2부 빗방울 무늬가 있는 눈

3부 꽃의 고요를 핥아라

4부 연필 끝에 달을 달아

해설

—박동억(문학평론가)

1부
달물 끓어넘치는 소리

노숙

열차와 멧돼지가 우연히 부딪쳐 죽을 일은 흔치 않으
므로
호남선 개태사역 부근에서 멧돼지 한 마리가
열차에 뛰어들었다는 기사를 나는 믿기로 했다

오늘 밤 내가 떨지 않기 위해 덮을 일간지 몇 장도
실은 숲에 사는 나무를 얇게 저며 만든 것
활자처럼 빽빽하게 개체수를 늘려 온 멧돼지를 탓할
수는 없다

동면에 들어간 나무뿌리를 주둥이로 캐다가
홀쭉해지는 새끼들의 아랫배를 혀로 핥다가
밤 열차를 타면 도토리 몇 자루
등에 지고 올 수 있으리라 멧돼지는 믿었던 것이다

사고가 난 지점은 옛날에 간이역이 서 있던 자리
화물칸이라도 얻어 타려고 했을까
멧돼지는 오랫동안 예민한 후각으로 역무원의 깃발

냄새를 맡아 왔던 것일까

　역무원의 깃발이 사라진 최초의 지점에
　고속 철도가 놓였을 것이고 밝은 귀 환해지도록 기적
소리 들으며
　멧돼지는 침목에 몸 비벼 승차 지점을 표시해 두었으
리라
　콧김으로 눈발 헤쳐 숲길을 철길까지 끌고 오느라
　다리는 더욱 굵고 짧아졌으리라

　등에 태우고 개울을 건네줄 새끼도 없고
　돌아갈 숲도 없는 나는 오랜만에 새 신문지를 바꿔
덮으며
　그때 그 역 근방에서 떼를 지어 서성거렸다는
　멧돼지 십여 마리의 발소리를 믿기로 했다

소란에 당신이 내리쬐어

안이 그리울 때 열어 봅니다
당신이 내리쬐어 소란을 틔운 너른 도시락을

조개가 개펄과 허공중을 밀고 갑니다 요란합니다 생
김새와 마음씨가 달라 살이 껍데기를 미는 겁니다 서로
아무 말이나 내던져도 여러 조각이 나지 않습니다 조개
무지에 다다라 껍데기끼리 바라봅니다 햇볕이 떼로 빈
자리에 들 땐 빈손으로 옵니다

나무와 풀의 전공이 가지가지여서 시끄럽습니다 그
래서 산길 열고 들어선 구부정한 그늘을 금방 폅니다
그의 마음이 갓 다림질한 바지처럼 고요합니다

구름은 구상과 같아 같은 적이 없습니다 구름이 무
심코 같은 말을 내뱉고는 서로서로 얼굴을 가리키며 깔
깔 웃는 것도 그 때문입니다 구름이 구상을 구상이 구
름을 끌어당기느라 고개 숙인 구름나무처럼 외따로 떠
있습니다

나는 다름을 머금고 뒷다리에 고요히 힘을 줍니다

그믐달을 넉넉히 붙립니다 어둠에 안쳐 반달을 짓습
니다 달물 끓어넘치는 소리가 색색입니다 맛있고 차진
달을 먹느라 의자가 달싹거립니다 남은 달이 제 온도를
지키려 조용해집니다

B.C.는 들었지만 당신을 알게 된 날 앞뒤로 시대를 나
누는 연애는 처음입니다

해독이라 하자

1mg 독으로 생목숨도 거둬 갈 수 있는 파란고리문어는 숨어 있기 좋아하지만, 위협을 느끼면 푸른 달고리 몸에 거듭 띄운다 독이 있으니 물러가라는 이 경고는 오래 달을 읽어 왔기에 가능한 일이다 지금도 달 밝은 밤엔 어김없이 달을 몸에 들이는 맨손 체조를 한다고 한다

그땐 스타킹과 하이힐 신은 긴 머리 남자가 상남자였다*를 이해한 다음, 남이 멋대로 바꾸는 패션을 벽난로에 던진다 돌고 도는 패션은 던질 수 있을까

배고픔이라는 독 풀 길 없어 오늘 치 음식을 읽는다 키스와 말에 굶주린 혀로 무엇을 읽을 수 있을까 '없음'에게 가는 '없음'의, '있음'에게 가는 '있음'의 철자를 굴리다 보면 새로 태어나는 단어에서 흐르던 피도 멎고 막대 사탕 맛이 날지 모른다

축구 심판의 동전을 절반만 읽을 수 있어 당신의 치명

적인 아름다움에서 벗어날 수 없다

　해독하지 않은 독을 품어 주지 못하는 나는 해안 달
려 하루 두 번 빨래하는 바다의 버릇 읽을 수 있을까

* 유발 하라리, 『사피엔스』

멀리서 두드리는 것들

여기와 저기 사이에 무엇을 그릴래?

살아 있는 사이를, 뼈에 붙어야 연하게 펄럭이는 오월을, 같은 소리 다른 뜻 다른 소리 같은 뜻을 주고받는 아가미를, '삶과 죽음은 미늘 차이'라고 귀엣말하는 산호초를, 비춰 볼 자신 있는 자들을 위해 만들 예정인 살면面이라는 낱말을, 원뿌리를 미리 잘라 기른 실뿌리를, 자라는 말 그대로 두어 눈꽃 냄새 나는 설화를

너와 나 사이에 무엇을 띄울래?

결코 알지 못할 크기를, 안팎이 차진 운동화 같은 하양을, 게와 새우의 슬픔에 쫓기는 맑은 날을, 열면 빵이 익어 가는 사전을, 양팔 벌리기 적당한 햇볕을, 마음 쉬이 들키는 노크를, 얼굴 묻은 '잠시만요'를, 무릎 꿇는 통꽃을, 입술 열고 바람 쐬는 혀끝을, 해진 그물코에 걸려 주는 '너랑 살았으면 좋겠다'를, 말놀이의 잘랑잘랑을

손수건에 그리고 띄운 것들이 지구 주위를 떠돌고 있
다

두드리고 있는 것은 풀빛으로, 두드리는지 아닌지 알
수 없는 것은 흰색으로, 두드리다 날아간 것은 빨강으
로, 혼수에 빠진 것은 오렌지색으로, 죽어 공기에 묻힌
것은 잿빛으로 칠하는 이가 있다

주먹을 펴게 하는 함박눈으로

베누, 너는 지름 오백 미터에 앞을 보는 버릇을 하얗게 뭉쳐 놓아 앞을 보지 못하고
나의 반지름은 한가운데 찾아 뜨거운 바퀴 속을 뒤지느라 손톱이 다 빠졌어

늘 하나가 부족한 나는 백분의 일을 더하려 몸의 물을 뿜어 올려
울음을 접어 안경알 닦으면 소수가 보인다고 믿지

소와 행성으로 나뉘지 않는다고 자책하지 말아
절벽에 벗어 놓은 중력 한 켤레를 들이받지 않으려 애쓰는 줄 알아
그깟 기체에 북북 찢겨 소멸에 담기는 걸 보았거든

공룡이 담론을 벌이던 숲을 정조준했다는 말이 참이야? 요즘 나도 하나의 상징으로 정면충돌하고 싶어 그림자 끝을 밟지 않으려는 심리로 오래 운동장을 돌고 싶기도 해

넌 궤도를 어떻게 분해해서 닦고 조립하나?

남의 빛으로 밝게 보이게 하는 데 젬병인 나도 되새 떼의 궤도로 나를 비추며 20억 킬로를 날아가

앞으로나란히를 하면 넌 씩 웃으며 태양계가 생긴 이유를 뚝 떼어 주겠지

난 곰소 어느 소금밭을 찾아가 수차를 밟을 거야 가슴에 바닷물을 들여보낼 거야 일상어가 쌓이면 동그라미 타고 오는 네모에 실어야지

나도 원 먼저 그리고 네모 그리는 사람의 아이이므로 동서남북 하나 살 수 있을 거야 사각거리며 터를 깎는 소리 듣기 좋겠지

그러다, 주먹을 피우는 함박눈으로 낡아 갈 거야
주먹을 펴게 하는 함박눈으로 낡아 갈 거야

눈빛 아름다울 때만 말이 나왔으면

그림책 속으로 잠수를 했다

뒤집힌 꽃다발에 매달린 산소 방울이 얼어 있다 위로
던져 오후의 따스한 햇살을 낚을 때야 나는 지구에 손
을 푹 집어넣어 여름을 끄집어내듯 중얼거렸다

내가 가지 않으면 그날은 혼자 놀 거야 약속 시간에
몰린 반전 카드가 그날의 해루질에 걸릴 수도 있지

무얼 남기려 한 발로 뛰어온 것은 아니었다 그제와 모
레 사이에 무엇이 묻혀 있는지도 모른다 그러나 누군가
는 나의 오늘을 들고 흙을 털 것이다

해저 울리려 해저로 들어간 지난날을 불러 볼까 허공
에 엎드려 물러나 쳐야 울리는 앞날을 칠까

내일은 닫혀 있어 열릴 걸로 해 두자 열려 있어 닫힐
걸로 해 두자

유칼립투스 꽃잎이 떠내려간다 자기를 먹다 졸음에
빠진 모양이다

숨결이 물장구치며 놀도록 맑아지는 꿈결 살결이 놀
랄세라 까치발로 걸어오는 바람결 결이 있는 것을 밀고
가는 것들은 자주 밀려서 안다 보이지 않는 느림 혹은
빠름을 낮거나 높아 들리지 않는 헤르츠를

발목 시계를 차고 싶을 때 아킬레스건에서 꺼낸 흐름
이 눈의 힘줄을 차면 좋겠다

구름판을 떠오른다 공기에 찍은 눈길을 재려 구름과
한판 붙지 못할 이유는 없다

나는 눈빛 아름다울 때만 말이 나왔으면 하다가도 어
디 그게 쉬운가 한다 그래도 아직은 말이 막 잡아당겨
도 눈에서 끌려 나가지 않을 것이다 말이 그림책을 덮어
도 또랑또랑 흐르는 눈빛을 읽고 있을 것이다

바다가 보이는 미용실

지도에 산마루 깔고 햇볕을 말립니다 마르는 동안 문이 덜컹거릴 거예요 햇볕은 두고 갈 생각입니다 열쇠는 우편함에 넣어 두겠어요

구하기 힘들지만 맞바람 쓸 때는 싸리비가 최고죠 매일매일 쓸지 않아도 강물에 비질 자국이 환해요

하얀 머리 산과 긴 흰 산 어디서 왔느냐 물었을 때 두메양귀비 당신은 어느 페이지 펴 보게 하려 두께를 안고 있는 표정을 지었지요

오리 머리같이 푸른 강을 나온 싸락비 맥주 아닌 비주啤酒 마시는 붉은 동녘의 밤거리를 싸락싸락 쳐요 수십 년을 머물다 온 엽서처럼

수업 시간에 흑룡강성 목단강시 영안현 발해진 백묘촌에 살던 옥화를 부르면 어느 낱말이 가슴을 치는지요

파도의 방송이 들려요 브리지 넣은 머리 찰랑이며 타는 곳 1번으로 가요
머리하는 시간을 넣으면 시작이 왜 빵빵 부풀어 오르는 걸까요

상행선입니다 바다행에 올라 편안하게 눈 감지 마요
그럴 리 없겠네요 하늘을 물고 날아 철책에 걸리지 않는 새 떼를 놓쳐 본 사람들로 왁자하거든요

아무 데나 날아가는 웃음을 태양까지 쌓는 일입니다
해가 웃음 하나를 빼다 무너뜨리면 어떤 색의 눈이 내릴까요

숭어국에 평양 소주 마시자고 횡단 열차 좌석마다 능수버들이에요 리옹에서 지금 여기까지 오려 했던 날들이 뺨을 비벼요 그래도 당신, 리옹에서 내리자는 말은 이따 하기로 해요

말랑하기 쉬운 투명

상담실 문을 스치는 소리가 나는 듯했다 깃털로 두드
리는 것 같았다

여자는 도플갱어를 믿는다, 했다 간밤에 아름다운 분
신을 보았으니 죽지는 않을 거라며 내게 공감해 달라는
눈빛을 보냈다

녹초가 되어 가라앉자 물풀이 물과 풀의 인사를 해
왔어요
벌레 먹은 토마토가 잡생각을 걷어차며 흘러갔고요

어디 갈 때는 곧게 날아요 모처럼 잘할 수 있는 일엔
발걸음
몰랑몰랑 날리다 그에게 넘어질 것이 훤해요
그래서 한가을이 보일 듯한 피부를 풍선 편에 보냈어
요
침대에서 조린 심장을 포장하다 젤리의 애수를 담았
고요

유리그릇에 담긴 그림물감을 바라보며 화이트 와인
이 키위를 마셔요

혼잣말을 해에 내렸더니 해거름 만들어 집집마다 돌
릴 만큼 고왔어요 멀찍이 있어도 경첩만 바라보면 서로
에게 개구리알을 낳을 수 있다고 믿었죠

거울의 눈맵시 벗겨져 숨어서 보는 이나 나나 서로
화들짝 놀라던 날
가슴에 두고 다독이던 것들이 산들거리며 뛰어내렸
어요

보이지 않는 끈

잃어버린 눈이 비슷한 발음을 가진 눈을 몽글몽글 빚고 있다 외수없는 대설이라면 내수는 없는 걸까

입원실에 막 들어온 황혼은 소매 끝 실밥이 데리고 왔나 할 말을 까먹었는데 무얼 사 먹었는지 모르겠다고 하면 이상한가

하루살이가 거미줄에 걸렸다 오지선다형도 아닌데 그가 그걸 골랐을 리 없다 그가 '거미줄이란 (　　) 큰 것 은 그냥 지나가는 법과 같다'의 괄호에 '작은 것은 걸리 고'를 쓰면 정답인가 사마귀가 '자를 것은 잘라 주어야' 와 '새 줄이 생긴다'를 이으면 오답인가

장미와 아이가 울면 케냐의 가난은 마른 물을 누구 에게 물리나

그늘과 눈길 마주치다 하지에게 덜미를 잡혔다고 하 면 몰래 하는 정감인가

수노랑나비가 서해 섬에 사는 바람꽃에게 갈 때 동쪽 에서 샛바람이 불었나

태양계 옥상에 앉아 지구를 바늘로 따면 모두 죽는
다 하여
담의 입술이 부르트자 능소화를 휘묻었다

골몰 묶어 가기 쉽게 가로등 끈이 보일 듯 환해진다
물에 던질 아픔을 고르느라 그만 골몰을 푸는 것도 잊
었다 오늘따라 던지는 족족 물수제비 같은 유추의 망이
출렁거린다

니체 친구 양미리

바닷물을 움켜쥐려 하지 말아요 급훈은
'큰 놈이 루저' 담임이 교탁을 쳐요
귀여운 적막으로 막을 치고 외우는 소리가 벌써
매점까지 흘러갔어요

새우가 아니라 몽상에 굶주린 듯
동해 가는 구름의 슬픈 수에 턱을 괴죠

아름다움으로 꾸민 거리를 두었으나 떨어질 비늘이
없다는 걸 깨닫고 서로 얼굴 비비며 잠에 들어요

동트기 전 밥 먹는 습관에
그물 치는 법을 운동장에서 익힌 인간에게
구멍이 난 혼은 처음으로 뜨거운 맛을 보아요
잘게 소멸해 떼거리 맛은 보여 줘요

배에서 내린 속들
확 풀어져 좋아 난리예요

우리가 내는 줄도 모르고 떼창, 장난 아니네요
이빨 없으니 이빨 까는 거 아니에요

다짐이 곱슬곱슬 몰려왔어

문을 알게 되었다

받다 보니 열 수 있다

닫는 것은 못한다

그래서 돌아올 수밖에 없다 옆에 엄빠와 또래가 있지만 돌아와야 하는 건 나 자신이다

젖과 가죽과 살을 뜯기는 줄 알면서도 되돌아오는 생리

그러므로 아예 보내겠다는, 가겠다는 다짐은 말없음표

블라인드 구름이 아래를 걷어 가니 가릴 곳을 가리지 못한 달이 달아나지도 못한다 돌아오지 않을 때까지 달아나겠다는 다짐은 위로라 하자

네가 잡고 있는 줄을 매고 있으려 모르는 척 풀을 뜯자는 다짐은 방정식이라 하자

바깥 모아 오는 달을 발톱에 박음질하며 옮겨 갈 곳을 척, 가리킬 날을 발 꼽아 보는 다짐은 비밀이라 하자

어디에 풀밭이 있는지 안다고 다투어 문을 나서지 말기 그것은 높은 잎사귀를 먹으려는 목 긴 다짐

같이 자몽 먹고 자울자울 졸자는 다짐에 서로를 놓아먹이자

우리가 들어 올려지는 날 발견되겠다는 다짐도 없이 곱슬곱슬 밀려오는 다짐들

블링크

너를 처음 본 날, 노란 은행잎에 올라가 있는 기분이
들었어

다정다감 몇이 저 아래 운동장에서 공을 차고 있었
지 무슨 말인지

들리지 않았지만 목소리는 좋았어 네가 올려보자마
자

볼이 귀로 달아나 핑크빛 불에 숨었지

그 후로 넌 미워도 이뻤어 철봉 놀이 하는 귀걸이같이

낯선 것은 낯익은 수평선으로 바로 이어졌어 중간에
샛길 하나

잠들어 있지 않았지 자면서도 깨어 있으려 고양이처
럼 파랑을 베고 잤네

소식에 굶주린 속귀는 무얼 먹고 살까 당나귀 귀처럼

호기심 쫑긋해 귓밥 파 보면 순식간에 피를 배어 침
묵을 낳지

오늘 밤은 그 나무에서 꿈을 꿀 거야 네 꿈에 들어갈
거야 네 귀구슬을 물고 내 바깥귀길을 알려 주는 것처
럼 알려 줘야지

　　아마 넌 바퀴 들고 내 귓가를 지킬 거야 기쁜 소식엔
　　바퀴를 달아 주겠지 럭비공이 튀는 것처럼
　　불러서 온 듯이 바퀴 갈아 주고 슬픈 소식엔 굴러가
지 못하는 척 있을 거야

2부

빗방울 무늬가 있는 눈

저기는 여기다

사진을 유리병에 넣어 놓았다 눈썹이나 눈동자, 콧구
멍이나
립스틱은 남고 콧날과 입술은 새털처럼 사라졌다

창가에 얼굴이 하얀 새가 왔다 서서 뒤를
돌아본다 네가 주먹을 가볍게 쥐고 달려왔다

그런 밤엔 소나기가 기타 소릴 몰고 왔다 길을 터 주
면 허리가
잘록해질 것 같다 비의 페이지마다 네가
끼워져 있어 갈피를 잡기 어려웠다

다람쥐 같은 나의 덧셈을 지키느라 갈잎을 빼지 않던
너를 목에 심었다 혼쭐이 났다 기침을 할 때마다
목구멍 밖으로 묘목이 늘씬하게 자라나는 줄 안 탓
이다

그대로 두는 것이 옮겨 심는 것이라 한다 그러나 날개

는 날개 늘 마늘 싹처럼 돋아난다 그림자 떨구어 날카
로워진 칼과 밤 사이를 펭귄처럼 돌아다닌다

　낯설면 낯익기 쉽다는 말 낯익으면 낯설기 쉽다는 말
　쓸데없어 포르릉 날아오르는 소리 잘리어 지상으로
떨어진다

　오래 네발로 걷다 어느 좋은 날, 땅에서 앞발을 떼어
　오므리기 시작한다 식물인 줄 알고 실비가 물을 뿌린
다

　모르지만 알 것 같은 사람을 스쳐 지나간 밤
　나는 밑줄을 지우느라 물러지고 물크러진다

햇발에 대해 궁금함

눈발로 달려가는 햇강아지와
어떻게 친해져 해에게서 발을 얻었는지

도대체 무엇으로 당기길래 총소리
나면서부터 겨울은 끌려가기 시작하는지

네 속에 먹을 걸 꺼내 놓는 봉지의
부스럭 소리 왜 유난히 큰지

줄줄 흐르는 눈물이 언제 라켓 줄 되어
너를 구름의 가장자리로 쏘아 올리는지

누가 처음과 끝에 햇귀와 해름을 매듭지어 놓아
기억들, 한 번도 망설이지 않고 즐겁게 걸려 넘어지는
지

종합 우승 한 소녀들의 함성이 너를 맞혀
어디서 스러지게 하는지

궁금해 참을 수 없어 그렇게 타고나서 어쩔 수 없어

거울에 막 쓰고 바라보지 햇빛 햇무리 햇양파 햇감자 햇굴 햇김 햇김치 햇막걸리 햇망울 햇가지 햇과일 햇비둘기

눈이 부셔 우리가 졌어

괜찮아

유쾌해도 괜찮아

그러므로 야구공

손아귀를 잡아 주고 싶지만 잡혀 있고 싶지는 않다
투수의 힘 빌리려 손 벌리지 않는다
둥근 것은 마음 모으기 좋아 돌아간다고 믿을 때 이
마란 모름지기 시원해야 한다며 솜털 뽑아 주던 아버지
가 떠오른다

마찰에 마침표 찍으려면 살갗 꿰였던 날을 허공에 꾹
눌러야 한다
맞는 게 두려워 비빌 언덕배기를 글러브에 가지고 있
어야 한다

곧은 줄의 향기에 취해 뚝 떨어진다
실밥 터지게 맞아 구회 말 투아웃 만루에 비행기구
름을 날린다

아침 해가 방망이 맞는 법은 잊고 유월의 수국이 때
리는 작달비를 뛰어오르지 말고 앉아서 받자

파리한 소년이 송이눈으로 스트라이크를 던질 거라
는 예측은 헛스윙을 하였으나

　　풀씨에 번트를 대지 못하는 남실바람은 없어
　　둥글어도 굴러가지 않는 마음이 내게도 흩어지듯 자
랄 것이다

사다리 타기 게임

네 입으로 골랐어

줄사다리 타고 달님 집에 올라갈 수 있다면 토끼 가족이 손을 내밀어 줄걸

네가 붙임쪽지라면 점성술사가 흘린 싸라기 별을 주워 봐 별 줍는 맛을 따라가 보면 별 사이에 걸어 놓은 솥이 수증기를 삶고 있을걸 그러니 사다리 안쪽에 목차를 적고 매일 뒤집어 봐 얼개를 알 수 있을 거야

불도저 모르는 새 같군 글피도 우림에서 밥 먹으리라는 믿음을 물어 오는

헬기가 지르는 '야호'가 꼭 조종술을 익힌 것은 아니야

손톱달에 눈알 넣어 주고 실크로 허리 감아 주는 투명 망토가 사다리에 살고 있을지도 몰라

머리로 그렸던 수에 눈에 보이는 수를 곱해 봐

뻐꾸기가 문을 열고 나와 손뼉을 칠 거야

달빛 쳐 간간한 길을 먹으며 심부름 갈 거야

시무룩해지고 싶을 거야 까무룩 쓰러지고 싶을 거야

선을 무시하는 낙하산과 바이러스를 욕에 넣고 돌렸
군 네 혀가 잘릴 뻔했어
창고에 갇힌 시래기 빛은 저녁 내기를 걸면 돼 누구
나 세로선 하나는 가지고 태어나거든

네 천자문을 펼쳐 뒤로 접으면 이끼 넷이 하늘 하나
에 쏟아져 거뭇거뭇 사라질 거야 페르시아 유리병이나
자각몽을 골랐어도 마찬가지

그래도 게임판 거꾸로 놓고 살면 재미없을걸

불 버리는 취미를 가진

통조림 따는 방식이 달라져 보름달이 황도를 쏟았네
제주 사는 골방의 창이 그걸 먹은 게 아니네
햇병아리같이 바라보았을 뿐

맑은막들 모여 깡통을 돌리네 높이 던지네
불티 아무리 튀어도 마을을 태우지 않네

한날한시에 죽은 게 아니라 한날한시가 죽었네
그날 그 시각이 없어 나는 쓸 데 있는 불을 켜네

무덤엔 눈동자 사이가 같은 콩깍지들이 반짝반짝 자
라나네
오름 반 바퀴 돌려 혼불을 돋우네
노란 조를 담은 자루가 터진 것 같네

잠자는 사랑의 코를 간질이던 너털웃음
새물내 풍기며 걸어오네 해찰하는 버릇도 잊지 않았
네

환한 눈길 좋아하네 영화 보러 가자
말도 못 하고 보글보글 끓어 넘치기만 하네

눈조리개를 밤새 열어 두네 나선 은하를 건너다 다리
를 다친 사람의
소식이 별똥비에 내릴지 모른다고 생각하는 것 같네

붓꽃을 두고 떠나지 못하는 눈망울들이 창밖에 갇
혀 있네
창살을 붙잡고 바깥의 꽃을 보네 불 버리는 취미를
가진 잔꽃이네

아랫입술을 살짝 깨물고 싶은 듯

보드라운 날로 뗀 곳을 또 뗄 듯이
내리는 밤비 뗀석기 시대에도 내렸던 밤비

묵음으로 앉아 빗소리 걸칠까요 흰 발목 같은
소리 내밀어 다른 데로 가게 할까요

두들긴다 나보고 어쩌라고
간절한지 더 세차게

발걸음 동동 띄워 낙타에서 돌아온
오아시스에게 한입 먹여 주고 새를 사서 날려 주는
땅에 가 스콜 사서 날려 줄 새나 찾아봐요

밤비는 날 더욱더 불러요 백색 소음이 되어 불러요
헬륨 풍선 같은 내 볼을 불고 싶은 듯 불러요

우리 사이를 묻는 내게 밤비는 아랫입술을 살짝 깨물
고 싶은 듯 펑션Function이라 했지요 마음이 죽으면 노래

도 죽는 거라고 말하였지요

　새벽에 창문을 살며시 열고 뾰족한 입술을 내밀면 내
가 지금 일어났다고 생각하면 큰 오산이야를 죽죽 내미
는 밤비

반대색

내 이름은 천장

어느 곳에서는 천정이라 한다 하늘의 우물이라는 뜻
이다

바닥과 나는 닮았다 볼 것을 볼 수밖에 없었으니 중
력의 방향을 벽에 세워 두고 한 뼘 두 뼘 재는 걸 좋아했
으니

저 바닥에서 육칠십여 명이 노래하던 날도 있었다 걷
고 먹고 말하고 노는 일로 붐비어 내 귀는 장엄해져 갔
다

다달이 조금씩 목숨을 내고 사는 것들이 이것저것
고쳐 주라 한다 콩새가 문을 내 달라 하여 건들바람에
게 문을 넘겼고 거미가 이슬 말릴 줄을 치겠다 하여 볕
이 드는 구석을 내주었다

어느 깊은 곳을 찾아가 기둥에서 배흘림을 몇 상자

훔쳤다 앞날에 맑음을 띄운다고 물의 뿌리를 앞당겨 썼다 처진 어깨에게 주려 역삼각형에 손을 대었고 친구 요청 핑계로 옷걸이마다 의문 부호를 보내 비밀리에 만났다

크레인이 왔다 우릴 들어 올렸는데 놓을 곳 찾지 못해 목을 길게 빼고 있다

뒤척이는 지구를 가방에 담을 수 없었으므로 연어의 회귀와 잘게 씹은 의미와 필요한 사용법을 등질 수 없었다

그 저물녘, 총소리는 살아 있는 자에게만 들렸다 숲을 내려오던 청록과 창을 넘던 빨강은 못 들었다 소리보다 먼저 쓰러졌으므로 섞여 눈이 되었더라면 총을 쏠 눈먼 놈은 없었을 것이므로

나는 빨간 피를 오래 바라보았다 퍼붓는 눈으로 눈

을 돌리자 청록색 강물이 흩날린다

맥박에서 뛴다

맥없이 졌어 맥없이 구구댔어 맥없이 웃었어 맥없이 걸었어 맥없이 주저앉았어 맥없이 부서졌어 맥없이 스러졌어 맥없이 그랬어

그런 날, 맥박에서 뛴다 보려는 대로 보여 주지 않아 멀리 오래 보게 되는 야생말의 줄 없는 줄이 도토리에 섞여 싹이 난다는 형식상 외돌토리가 목매는 봄철을 놓치려 철이란 철은 다 잡았던 끈이 담 위에 걸쳐 놓으면 아예 샌들을 벗는다는 쇠비름이 짜장면 식기 전에 풀각시에게 가려 네거리 없는 4차선에 비바체를 그린 소리표가 양치식물로 이 닦고 입안 가시라고 옹달 한 컵을 따라 주는 꽃그늘이 몸매 길차게 연습한 언덕바지에 앉아 행 한 송이를 부는 해 질 녘이 북두칠성 역, 전복顚覆사 들고 우리 엄마 안 오?*에게 가는 전철을 기다리는 어스름이 은하수에게 양박 씌워 모래무지를 비롯한 물고기를 쓸어 간 강물이

*이태준 『엄마 마중』

52

그냥 슬픔이었으면

1. 꽃무릇이 아래 사진을 읽으면 검게 울지 모르니, 글 꼴만 보고 빈칸에 들어갈 말을 고르시오. (3점)

창과 방패들이 언덕에 서서 영화를 보고 있다. 언덕 때문에 사랑하고, 언덕 때문에 사무치게 미워한다. 손은 옆 허리에 팝콘을 깔았다. 소매를 잡아당겨 덮었다. 융단 폭격을 시작하려는 늑대의 발에 눈이 쌓이는 모양새다. 환호작약이 피었는지 들으려고 낸 스마트폰 창을 밀자 농담이 이기죽거리며 몰려간다. "사자는 동물이지만 동물이 아니다"라고 말하는 것 같다. 솜사탕에서 막 파낸 듯 하얗게 반짝이는 뿔과 송곳니, 몸도 얼굴도 없는 머리칼: 사전을 뒤지지 않아도 알 수 있는 살상 심리. 잎맥으로 맥락을 뿜어내는 실 구멍 난 캔맥주처럼. 종교의 옷을 슬쩍한 팔짱은 여덟 거드름의 짱. 내 기쁨으로 남의 기쁨을 짓밟는다. 이민과 식민 사이에서 울지 않는 팔월, 남의 일은 팔월에도 손이 시리다. (   )을 바라보는 쌍안경으로 불꽃놀이가 신나게 달려든다.

① 술 마시는 취기　　② 휘황을 치는 장난

③ **물구나무의 헌 봄**　　④ **쏟아지는 폭탄**

⑤ 춤추는 빵 클럽

에어 택시

가자 택시 좀 잡아 와, '라'는 Y의 술잔을 타고 'ㄹ'로 미 끄러져 들어갔다 엉덩이가 아팠는지 리을은 금세 풀이 죽어 버려 재미를 잃어버린 나는 흔들리는 몸을 몇 차 례 높바람 손에 맡긴 후에야 땅을 박차고 날아오를 수 있었다

모두 그리움 옆에 가 있어 실루엣 하나 없는 하늘 한 편에서 '외로움'이란 혹 이런 게 아닐까 한없이 막막해지 는데 한 달 내리기로 한 눈은 속절없이 퍼부어 하늘 도 로 유도등은 이제 자기 마음이나 끌겠다는 듯 잠잠하기 만 하고 떠돌이별의 불빛도 나올 엄두를 내지 못한다 '이런 날 키다리가 서 있네'를 수사법에 돌리는 에이아이 는 없을 것이다 나는 만남을 푸르게 한다는 물푸레에게 엎드려 절하였으나 택시는 오지 않았다

언어를 가르쳤다는 전설은 유희라 한다 태어나자마 자 걸어 다니는 말귀가 어떻게 걸음마를 배운단 말인가 잘 모르면 추상 명사를 앞세웠다 노래라는 걸 불렀다

화성에 자리를 잡은 J가 보내온 뇌파에 저울자리는 슬그
머니 자릴 떠 저울만 남아 있곤 했다 밥을 먹고 아무것
도 보지 않고 시험을 보았다 복제되어 달동네로 간 내가
쏜 홀로그램으로 매니큐어를 발라 주던 고양이가 세월
잡고 얼마나 웃었던가

    Y나 내가 찾아왔던 옛사람의 흔적은 식물이 줄기세
포에 숨겨 버린 뒤였다 땅속을 일 년에 이백 미터 갔다
는 뿌리를 보고 박물관을 나선 어린것들이 해석에 닿으
려 폴짝폴짝 뛰다가 돌로 들어간 떨림을 불러낸다

    지난날은 바닥에 놓고 지금은 허공에 던져라
    지난날을 쓸어 모은 손으로 내려오는 지금을 받아라
    팔랑이는 뒷날에 집게손가락을 찍고
    질문을 다섯 개나 손등에 얹어 손금으로 잡은 날엔
    커피에 음악을 좌악 펴서 마셔라

    주목의 술집에 떨어져 코에서도 나노로봇 가득 피어

오늘 Y는 기린 목을 도로 넣었을 것이다 아니, 기다림 홀로 술을 마시게 치우친 기질에 고개를 묻고 잠들었을 것이다 불과의 노름에 지쳤는지 곱창 연기 홀로 희미하게 올라왔다

이별도 안녕

나이로비의 텐트에 내리는 빗소리를 좋아했던 초록
도
휠 줄을 몰라 머물 줄 아는 폴대도 안녕

양떼구름의 행렬을 되새김질하던 풀밭도
모둠꽃밭을 척척 시키던 시절도 안녕

도는 게 느껴지면 멈추고 말이 나오지 않으면
나오게 해야 한다던 잔다리 의사도
시간 타서 먹인다는 그의 처방도

양파 굽는 내음을 당겨 덮는 어린 아들도
무와 조려낸 고등어 같던 저물녘이며
미어지는 자리에 국수를 삶던 당신도 안녕

머릿속을 떠도는 압정도
물려받은 만년필에 잉크 장전하여 엎드리던 눈썹도
안녕

필멸의 팔목에 못을 박지 못한 불멸도
모든 이별도 안녕

돌아와도 모르는 사람에게 안녕! 할 수 없을 거야
가 보지 못했던 곳은 갈 수 없을 거야
너희에게는 안녕!이라고 바람을 건넬 수 있을 거야

라디오가 불러야 맛난 애창곡

강둑에 앉아 라디오를 틀어요
눈을 뜨면 모래톱이 보이지 않을 것 같아요

사암이 붉게 아름답다는 먼 역이 당신의 지지직거리
는 몰입을 보냅니다 내 달팽이가 소리샘에서 뿔을 세워
요
　전화를 걸어요 봄날은 꺼져 있어 간다로 연결되네요
　내 귀는 바스러질지언정 속까지 젖지 않아 톤이 슬피
높습니다 이럴 때 디제이는 라디오 별 이야기를 해요 다
른 별보다 더 강한 전파를 내뿜는다는 별이죠

　말머리 박고 울림통 디딘 다리가 주섬주섬 무게를 걸
어 초원으로 떠나요 말로 돌아가는 마두금의 말발굽
소리가 들립니다
　서로 등을 밀수록 가까워지는 걸 본 현미경이 무슨
말을 하려는 듯 다이얼을 돌려요

　내 귀는 기울였다 세우기 좋아요

잔모래 목욕시키는 잔물결의 노래가 흘러내리고

당신의 안테나를 돌던 홀씨가 맑은 날을 날아가기 때
문이죠

노랗게 종알거리는 눈물

　안녕하세요 세상의 모든 울음, 이슬입니다 전 울고 싶을 땐 움푹 팬 곳도 금방 가로질러 와요 눈시울 뜨거워져 눈물이 몸부림치고 있다고요 로프 던져 주느라 힘들다고요 오늘은 식물원보다 잘 우는 숨결원을 소개해 드리죠 눈물 여울을 참으면 병이 됩니다

　몽돌이 통증을 꿰지를 듯 울어 이슬비 내리는 바닷가
　울다 가려는 것처럼 주저앉아
　얼굴 남김없이 주워 두 손으로 감싸세요

　지금도 수억 명이 공중을 여행하고 있죠 날개 없는 일개미, 비행 거미, 줄무늬오이딱정벌레, 분홍나방 등등 그들이 토닥토닥하러 와요 이스트 같은 숨결을 불어 주죠 손과 얼굴 사이가 부풀어 올라요 거대한 숨결원이 됩니다 바다 둘 울타리 열 폐활량은 여덟이죠 허방도 여럿이죠

숨결들이 물조리개로 눈물을 뿌립니다 쇠라처럼 눈물로 점을 찍어요 악어에서 빼낸 눈물로 구슬치기를 합니다 끝나면 즐거움으로 버무린 슬픔의 맛집으로 갈 거예요 는개 단비 꽃비 다 같이 갑니다

　바다가 하늘로 쏟아지듯 울고 나면 목을 놓고 울던 숨결원은 목 찾느라 부산해지겠지요 수선화 피듯 수선스럽겠지요 카타르시스의 뜰을 쪼며 샛노랗게 쫑알대겠지요

　저는 울 곳 찾아다니다 빗방울 무늬가 있는 눈으로 파고들겠습니다

3부
꽃의 고요를 핥아라

우리 축구 규칙

경기장은 지구가 걷어낸 달까지다
흰 금은 마하가 그린다 단, 기차의 속도로 그린다

머릿속으로 구름을 차 본 사람이 선수다 천만이 넘
을 거다

별의 관사 유리창을 깨 손들고 있던 아이들이 주심이
다

부심은 심장이 공 맛을 본 우주 산책자, 빠름과 느림
을 가지고 노느라 작아진 새, 그리고 힘을 가지런히 하
려 허공에 발끝을 톡톡 치는 홍이다

벌칙 구역은 독도 마안도 마라도 풍서리 상공 구만리
묘하게 슬퍼서 기러기에게 다가간 죄는 벌 없다

모든 희열이 열기구를 타고 공 안으로 들어서도 완전
히 둥근 공은 없다 한숨이 비밀 가스 차 넣은 것도 마찬

가지

    공 십만 개가 떨리는 듯 되풀이되는 화음처럼 던져지면 경기는 시작된다

    끝까지 가 보면 시작이므로 정해진 시간은 없다 휴전선이 제발 그만하자고 할 때까지 뛴다

    쉬는 시간엔 블랙홀에 누워 눈에 눈을 적신다 자고 일어나니 서로의 닮은 곳이 바뀌는 것은 아니라는 생각을 큰대자로 뻗고

    우레가 울면 선수들이 달 쪽으로 몰려갔다는 거다 날이 맑다면 선수들이 이쪽으로 몰려왔다는 거다 그런 날 우리는 실눈을 높이 차올리는 것이다

    달 지키는 분화구 외로워 지구돈이 향해 길게 축구화 날리는데

골인이다 구멍에서 빨주노초파남보 황홀들이 터진
다 모두들 발광 몰고 달려온다

옹동

회생인지 희생인지
수염이 나는지 빠지는지 이래도 좋고
저래도 좋은 약방이 입을 쫑긋 내민 곳이 있다

서러워 넓은 가슴에서 벼꽃이 술래놀이하고
별 둘둘 말아 놓아도 아카시아꽃 같은
그릇의 질감들 환하게 펼쳐져 있던 곳

옹기의 동녘은 서녘으로 갈 수 없다
산에서 떠 하늘을 거꾸로 걸었다는 아기 장수
옛말이 유약처럼 글썽거릴 뿐

입에서 자르르 녹는 마을 이름들
일리 제내 두립 시목 밤마다 모여
뿌리만 즐겁다면 어디 꽃 필 곳 없었어
최경선을 본들 머 허겄능가
아득하게 오래되어 이 삼삼한 들 쏘다녔으면 됐지
글지 이잉?

옹동은 뭐 이런 곳이다

울음이 귀를 잡아당긴 저녁

눈물 한 방울에 귀를 기울입니다

사랑이 첫사랑을 이루려 꽂발로 서서 산을 붙잡아요
먼 데서 오는 다정한 사람을 기다립니다 담애라는 엷은
노을을 깎지 않으려고 해요 국자도 일곱 별이 쏠려 갈세
라 밤하늘을 가만가만 붓고요

노래가 풀 모자 눌러쓰고 갈바람에게 달려가면 약이
된다는 말을 그다지 믿는 것은 아니지만
눈물에선 돌이 태어나고 슈퍼문이 부풀죠 길섶 물린
자국이 생겨 바다를 건너요 섬이 있는 집마다 괄호가
파랑을 빈칸이 새를 낳습니다

회령 식당 간판이 이제 회령을 놓아주고 싶은가 봅니
다 첫눈이 유난히 회령에 붐비네요

플랑크톤이 갯골 같은 손바닥으로 몰려와 주어 동사
목적어를 차려요 4형식까지 차린 식사를 받으면 호사스

러워 입이 날아갈 텐데요

　달이 지구를 불에 올립니다
　설탕과 소다 휘젓는 냄새 휘황하게 들리면
　서러운 느낌이 그냥 느낌이 됩니다
　하나를 더 빼면 달콤한 비밀처럼 쓸 수 있을 것 같아
요

무의미에서 무를 뽑아 들고

스물아홉
아홉수가 들었다

성당에서 돌아온 배고픈 무더위를 태워 버릴 서슬로
잡풀들이 검푸름에 대가리를 그었다

팥칼국수를 삶으려 했으나 마음이 졸아들어 불을
피우지 못했다
잠이 팥처럼 바지런을 피웠다 베개 속에 있지를 뒤에
놓고 목덜미가 나을지 몰라와 볕 좋은 날 달아나려를
앞에 붙여 보느라

무의미에서 무를 뽑아 들고
대추야자 씨네 집에 들렀다 여자 친구와 저녁을 먹으
려 이천 년 동안 해거름과 온도와 물기를 다듬고 있다고
하였다

쓸려 갈 두려움 없이 물음을 가두었다 터트렸다

톱이 날 세워 날 잡기 전에 고립의 산책을 구부렸다

빈터의 적요가 비 올 바람은 꽃대 올라올 곳으로 분
다는 걸 보여 주려 지나는 걸음을 당기다 훅 끌려왔다

놀이에 치료를 붙이는 게 이상할 정도로 잘 놀았다
밤이 좁도록 가득 모여 숨바꼭질하듯 놀았다

술래가 찾지 못하는 게 아니라 찾지 않을 수도 있다
나는 호주머니에 낯섦과 익숙함을 볼록하게 넣고 다녔
다

돌아보면 움직이지 않겠죠

기차가 웃는다 돌이 돌을 간지럼 태운다는
소문이 사발통문처럼 굴러오곤 했으므로

붉은 흙이 제집인 북소리가 바퀴를 마중 나왔다 철
길이 날린 햇살이 두승산 꼭대기에 꽂힌다 그 너머에서
빨강이 걸어 나와 노을을 세 번 흔들면 달덩이 쏘아 올
리려는 서래봉에 힘이 들어간다

단풍나무가 나를 불자 배꼽을 떠나는 이파리 행진이
날이 밝을 때까지 이어지는 듯하였다 단풍 꽃이 피었습
니다 단풍 꽃이 피었습니다 중얼거리다
　어 엄매 단풍 죽이네잉
　외고 외치고 돌아보면

그녀 가슴에 있었을 불은 어느새 사나이가 들었고
두루마리는 물에서 잡은 말 먹지 않았다는 듯 입을 말
아 쥐었는데 그녀 왼손에서 놀던 달빛 몇도 딱, 몸짓을
멈추었다

움직인 그림자의 움직임을 볼 수 없어 언제나 나는
술래일 테지만 돌아보는 재미에 칸칸이 물든 기차를 또
탈 것이다

풋저녁

양철 지붕에서

햇살이 톡톡 콩을 볶았는지 눈송이가 왕소금을 뿌렸
는지 비가 저 떨어지는 소리를 듣고 잊었는지 하늘이 오
동나무 이파리 따끔따끔 먹었는지

몰라 풋저녁이었다

맑스에 누워 흘러가는 구름을 쪼아 먹던 시절
세상엔 굴러가는 자전거 바퀴살만큼이나 고칠 게 많
았다
나는 늘 손을 다쳤고 다친 손을 바지 주머니에 넣고
손 다친 노래를 불렀다
때로 노래는 빨간약이 되고 이유를 모르지 않는 울
음 되어 핸들을 놓고 잘 비틀거리며 달려갔다

담의 구호는 기어이 희미해졌다 개어귀가 보이는 판
자문에 쓴

WC는 욕이 되어 바로 입에서 튀어나왔고

오르내리다 똑똑 부러지는 연필심처럼 코밑에 수염
이 송송 돋아났다

나의 저녁은 영 익을 것 같지 않았다 떨어질 것도 아
니었다
이따금 묘원을 어른거리는 푸른빛이었다 맞으면 오
그라졌으나 시들지는 않았다

오늘 밤 딱따구리들이 파 놓은 별들 가득한 걸 보면
내 귀를 쪼던 딱따구리 한 마리
아직도 숲으로 날려 보내지 못했다는 걸 알겠다

하지엔 BEERS!

긴급재난지원금
행복한 무지에
섞어 씨원하게
기울이고 있을
때다 알알이
토요일 캐다
달려온 바지가
자기 치킨
먹은 지 오래됐지
전화한다 생맥주
천에 프라이드
반 양념 반을
기다리며 오백
캬아 하다가
노을 태우러
나가는 등에
해가 걸린다

하지엔~

BEERS!

이가 입을 물듯

물휴지가 인턴을 훔쳐 버린다
울룰루에 가서 비구름 훔쳐 울다
양의 손목을 놓쳤다

웅크려 울던 등에 보슬비가 번진다
가늘게 성글게
오는 것은 가만히 붙잡아 펴는 힘이 있다

공기에 놓인 의자에 앉는다 왼 다리에 오른 다리를
얹는다 바른편 팔꿈치를 무릎에 놓는다 손끝을 뺨에
살포시 대고 깊은 생각에 잠겼다

이들이 날아간다 없는 입을 꼭 물고 있다 튀어 올라
　이 하나를 실로 뽑았다 왜 억지로 웃다 보면 진짜 웃
기는지
　궁금할 때마다 때찔레는 가시와 향을 하나씩 내밀었
다

목울대에 걸린 사과 조각을 플라스틱 바다 먹는 소라
게에게 주려는 생각은 못 하고 살았다

노를 밀듯 포환을 던진다 노는 그대로 있고 포환은
풀치처럼 떠간다 포환이 공기와 새 관계를 시작하는 분
위기가 났다

사랑 한 벌 의류 수거함에 넣으려다 오금 펴 다시 데
려왔다

개와 꽃을 안고 있는 노인과 등반가

1977년 9월 5일 고향을 나섰다 별이 태어나는 곳으로 들어설 무렵, 고개 돌려 가물거리는 점들을 찍었다 가족 사진 해왕성 천왕성 토성 태양 금성 목성 지구 55개 언어로 안녕!

네가 가는 대로 가거나, 백육십 해 돌아앉아 있거나, 피그미 아이들의 전래 노래 들으며 갈 길을 가거나

망원경에 처음 걸릴 때 너는 글썽거리고 있었다지
지금은 내 심장의 입질이 잦아 너에게 걸릴 것 같아

숨 막힐 듯한 입맞춤 비슷한 공기가 있다며?
코끼리를 풀어놓을게 팬파이프를 들락날락하며 페루의 음악을 들려줄 거야

흘러오는 하루에 금화를 띄워 주는 너도
일몰을 저어 집으로 가는 웃음소리를 어찌하진 못하지

남의 둘레보다 자기 둘레를 돌길 좋아하는 소녀야
몸을 돌려 튀긴 혹등고래의 선율을 놀이에 담아 줄게

구멍 없는 피리를 너의 서재에 놓아둘게
손가락에 배달된 소용돌이로 마술을 불어라

저 푸르고 해쓱한 점에서 방을 넓히려 애쓰는 사람
아
오로라같이 지구의 속삭임에 귀 기울여라 흰 여우같
이 뒷발로 아픔 차올려 눈구름 일으켜라

개와 꽃을 안고 있는 노인과 등반가에서 개와 꽃을
안고 있는 노인 등반가로 돌아올게

오늘의 눈사람이 반짝였다

어딜 가려면 외로움을 타고 가야 한다 날아가다 부딪치지 말라고 공중은 넓어진다 그래도 사고는 난다 별똥에 묻은 피 얼룩이 반짝였다

볼 수 없는 출혈이었다 기어가
전화를 했다 누군가 뇌 사진을 본다

되는 일이 하나도 없다 그런 날을 모아 둔다 일 년에 한 번 조물조물 빚었더니 정원사 옆에 놓인 만두 2인분 옛날의 화단이 깜박거렸다

아침에 세 알 먹고 줄을 잡는다 점심에 두 알 먹고 깃대를 오른다 저녁에 네 알 먹고 나풀거리던 어제가 흐려졌다

애달픔은 깊고 넓다 하늘땅을 팔 쓰라리도록 던져도 속속 가라앉는다
추첨에서 이름이 불릴 것 같은 느낌이 호숫가에서 사

그라졌다

어제도 오늘로, 내일도 오늘로 왔다
절반은 나머지 절반과 내통했다

즐겨 좁은 곳에 드는 아이같이 어제의 평온이 반짝
하였다

달빛이 별빛을 불러 시소를 탄다 달빛이 가벼운지 높
이 갔다 온다 미끄럼틀에 떨어지며 난리를 친다 오늘의
웃음이 반짝거렸다

날아가는 시간이 돌을 쪼아 먹는다 새싹 누러 간다
두 발 걸칠 때마다 어깨를 움츠려 준 내일의 가지가
반짝반짝

죽은 자는 눈이고 산 자는 사람이라 오늘의 눈사람
이 반짝였다

붉은 외눈이 동산에 떠올라

달의 눈은 둘이었다 내려가려 올라가는 것처럼

거기 가는 길도 그랬다 푸른 벌레 한 마리 빈 곳을 닦
아 내려오고 있다 텅 소리가 날 것 같다 그는 믿고 있다
저를 매단 줄이 올라가리라는 걸

나는 발을 잡아 달라고 미루나무를 조르던 뭉게구름
이었다
옥상 귀퉁이에서 뒤꿈치를 내밀던 양말 한 짝이었다
제 입에 아메리카노를 뿌리던 소방 호스였다

바다였다 물구나무를 서서라도 내려오는 숨결을 살
리고 싶었던
잠수부였다 내려가는 숨결에 산소 방울을 심고 싶었
던

지금도 빌딩 숲 어딘가에서 피톤치드에 침 발라
하늘을 광내어 유리창에 신기고 있는 아버지가 있으

므로
　내려갈 수 없을 때 고인 물처럼 있어야 한다는 말은
잔말

　묵직해 던질 만한 물웅덩이를 별빛으로 잡아매라
　제자리로 되돌리듯 던져라 내려온 것은 올라가는 길
을 알기에

　달의 어느 눈에 맞았는지 모른다

　내 눈물샘에서 맑은 외눈이 헤엄을 치기 시작했다
　붉은 외눈이 뜨는 동산으로 가려는 모양이다
　내가 눈물을 갈아 줄 때마다 당신도 보았을 것이다

연두 연두 봄 산

봄 산이 그를 찾아가요
연두가 길고 단단하여 말이 너풀거립니다

새로운 늘 쓰는 그림씨가 그녀에게 굴러가도록 자연
스럽게 기울여 주어요 몇 뼘 간격으로 주었는지는 세지
말아요

그녀가 한 번이라도 두 귀를 심어 귀여운 공감을 피워
보았느냐고 물으면 두 번 심어 보았다고 말하지 말아요

잘록함과 도드라짐을 합해 둘로 나누고는 그녀에게
문제를 해결했노라 소리치지 마요 발로 요람을 흔들고
전화를 받으며 간을 보는 그녀의 촉촉한 기술을 사랑하
기 전에는

봄 산이 연두 날개를 펼치고 그녀를 찾아가요
보이지도 들리지도 않아요 내려앉을 때만 소리를 냅
니다

자동사가 재에 덮여 있다고 그에게 뭐라 하지 말아요
홀로 있게 두어요 믿고 기다려 보면 주어가 얼굴을 발갛
게 내밀거든요

오래된 성벽으로 여행을 가요 그 앞 태자하에서 그가
쌓은 돌을 건져 봐요 입이 마를 거예요 한 번에 하나씩
쌓는 것이 어떻게 성안의 온도를 지키는지 말해 주려

그가 초록에 허벅지를 걸치다가 가시에 찔려 훅 달아
올라요 끝에 이를수록 낭창거리는 마음 죽죽 잘라 어설
피 엮고 사는 그입니다 반짝 눈감아 주어요

그가 연두를 갈아 주려 봄 산에 의자를 놓습니다
그녀가 눈짓을 그어 봄 산에 초록 불을 붙입니다

작고 느리고 부드러운

우리는 메타세쿼이아처럼 오래오래
줄을 서 있었다 머리와 발의 간격을 줄여 보이려고

굴뚝새는 눈밭에 빠진 박자를 주워 굴뚝이
머리 말릴 때 슬쩍 끼워 넣는다

벗겨지는 것은 왜 세로인지 물으려고 그림 속 옥수수
알이
  인형의 새침에 말을 붙이고 있다 헝겊이 닳아질 때까
지 나릿나릿

  노루귀 물양지꽃 같은 암수한꽃과
  저녁을 먹고 싶다 앞 얼굴을 꽃받침으로 받칠 때까지
나릿나릿

  엄마는 아기를 새로운 듯 바라보고
  아기는 엄마를 익숙한 듯 바라보면
  허리 펴고 고개 들어 느낌표로 걸어 나오는 물음

콩콩 살 부드러운 점을 찍으며

침대를 나와 먼 곳에서 부르는
거울 뉴런을 향해 크고 빠르고 굳세게 간다

반나절

한여름을 볼우물에 넣었다 잘라 먹으면 결별이 쉬울
거라 여겼다

흐릿한 날씨가 반쪽이 된 얼굴을 퍼부었다 입술 좀 내
민다고 그칠 것 같지 않다

아침엔 포커페이스를 삶았다
노른자가 묻지 않도록 실로 잘라 눈을 접시같이 뜨고
담았다

몇 번째 눈발로 내려야 너의 가지에 쌓인 흰 궁리를
부러뜨릴지 헤아렸다

고되거나 적적한 점심엔 하품을 반으로 나누는 놀이
를 했다
눈물이 나도록 실컷 하품을 하면 나머지 반은 몸 안
에 남았다 다한 하품과 못다 한 하품이 서로의 낯꽃을
가리키며 웃었다 너의 말을 따라 하는 나는 다한 하품

이다

  남이 나의 위도를 나눈 걸 잊지 않으려 아득한 두 곳
을 연휴로 삼고

  잘라 놓은 나를 소금물에 담갔다 버무려질 만해지라
고

  오후엔 그림물감을 심장에 짙게 칠하고 반으로 접었
다
  너에게 흘러가 우연히 만들어질 얼룩 혹은 어긋남을
상상하며

  외뿔고래가 보낸 택배를 열어 보니 반각 기호가 들어
있다

  내 절반으로 가는 다릿돌엔 씹기엔 매끄럽고 뱉기엔
적당한 포도씨가 들어 있다 물 밖으로 가뭇가뭇 매달

려 있는 반절을 디뎌 보면 안다

꽃의 고요를 핥아라

엄지가 검지보다 작은 내 발은 아버지를
일찍 여읠 상이라 한다

그래도 평발은 아니어서 땅끝까지는
걸어갈 수 있으리라

바닥을 치며 걷는 일이 삶이라 여겼으므로
첫사랑 집 앞에서 더는 걸을 수 없을 때
그녀의 천체에서 새어 나오는 불빛에
달무리를 추돌시켜 왔다

우리 발톱을 빼내려는 것들에게 달려드는
물집과 굳은살이 자랑스러웠다 풀물 묻혀
조심스레 현관에 서면 드라마처럼 들려오던
식구들의 목소리로 발볼은 발등이 다른
데를 보고 있어도 좋다고 속삭였다

걷기 위하여 혹은 서기 위하여

많은 날이 꽃의 고요를 개미처럼 핥도록
내버려 둘 것

꼭두새벽 신발 밑에 숨겨 두었던 맨발을
쓸어 담으며 길을 나선다

별 다섯 개를 받아도 발바닥 세우는 날까지
밑바닥 누르고 기다리는 일은 계속될 것이다

그리는 못 해요

날줄과 씨줄을 회수하러 가는 길이었다
네 배에 내 머리를 놓고 가로누우려 초원에 날려 놓은

앞가슴에 샤프를 달아 기어코 들키고 마는 첫 설렘
이 비롯된 곳이었다

자디잔 일에도 익살 섞인 웃음이 유리알처럼 까르륵
거리며 돌아다니는 체크무늬 골목에

조랑조랑 걸어 놓고 싶었다 자랑 없이 접힌 내 몸을
물고 있는 빨래집게의 화약 볕 자옥한 옆구리 자랑을

나를 만나러 오는 길이라 했다 빛의 무게를 재려 바
른편에 헐고 해진 것을 올려놓던 녹난 양팔저울이

그건 북으로 내려가던 남이 동으로 가던 서를 만나
는 일만큼 어려운 일임을 나는 안다

그래도 좋아하는 것처럼
좋아하지 않는 것처럼
그리는 못 한다
발이 달리거나 없거나 나의 발달은 늘 그럴 것이다

모르겠다 빗속의 낙화를 튀밥 기계에 넣어 돌리면 꽃
숭어리 터져 오르는 날이 올지도

요양병원 침대에 묶여 있던 손발이 풀리는 날이 오리
라는 것은 불을 보듯 분명하다

눈 내리는 분홍 선

그래요 저 위에 살았습니다 사람에게 선을 넣는 일을 했지요 머릿속에 선을 내렸어요 다 달라 냄새 좋다고 좋아하다 홍채에 선을 엎질렀고요 닦으려다 그만 손가락에도 쏟고 말았습니다

흰색 실선을 풀어주던 날, 길들인 나를 바라보는 것도 잠시, 선이 함박눈으로 줄줄 달립니다 눈사람 무늬로 서 있습니다 유빙 아래 지느러미를 답니다

양극의 선도 다정하고 싶을 때가 있지요 뱃전이 부딪치도록 나란히 닻을 내려 줍니다 밀당한다는 소문이 흰 벌까지 퍼져요 분홍 선과 풀빛 선을 쥐어 줍니다 유리구슬 촉감일 거예요 테이프 끊고 밀밭에 드러눕기에 적당한 땀 맛이 날 거고요

무탈하게 어딜 가려면 구름과 바람에 놓인 건널목의 흰 선을 건너야 해요 그래서 구름 감상 협회와 기상청에 신호등을 넣어 두었어요 카오스를 누르면 푸릇한 선이

칙칙폭폭 달려오죠

우연히 알았어요 사람에게 선이 보이지 않는다는 걸
그들은 거울에 쓰인 선을 읽을 줄 몰라요 대낮에 선을
잃어요 어느 선에서 왔는지 알려 주어도 금방 잊어요 누
가 선의 눈망울을 파 가도 듣지 못해요 좌회전 앞에서
좌우를 따져요 노란 선을 허들이라 여기기도 하는데요
로드킬의 마지막 순간이 흰 점선을 가리키기도 하죠

된통 혼났어요 성자 몇에게 슬그머니 선을 일깨워 주
었다고 요즘은 귀띔마저 태워 버렸다고 보물찾기 종이
처럼 날개 접혔지요 아스팔트에 선을 그리는 사람들 틈
에 끼워졌어요 페인트 내가 코끝에 서 있네요 선은 날
알아보지 못하죠 선이 많은 날도 있어요 전조등 불빛
같은 선을 피해 그대 오기 어렵습니다 나도 다가가지 못
하죠

사람의 선에는 선을 넣은 적이 없어요 잘 포장되어 코

앞에 배달된 들숨과 날숨에는 선이 없습니다 사람을 위한 배려죠 한 사람이 넘었던 선은 강물을 두른 흰 구름으로 흐릅니다 여기가 가면 저기는 비켜 주려 바람의 선에 무릎을 적셔요 선을 지키기 위해 만날 때 손을 잡고 흔듭니다 알고 있는 선을 일부러 낯설게 느끼기도 하죠

마음 굳게 먹어야 해 한번 해 봐 느낌 좋은데 아, 생각났다 이런 말들 선에서 뽑혀도 발에서 자라나기 시작하죠

4부

연필 끝에 달을 달아

화이트아웃

시간밖에 벌 수 없는 날엔 두묵항에 가요 혹 맞고
비틀거리는 우리에게 수건 던져 주는 집으로 가요

신문지에 칼 갈던 때를 믿지 못하겠느냐며
눈보라가 압력솥 같은 손으로 들을 내리쳐요 철자에
서 송곳니가 돋아나
그리되는 거라고 맞장구를 쳐 주어도 희부연 벌을 쉼
없이 메어쳐요

땅은 이미 흰 바다에 가라앉았고 허우적대던 하늘의
손발도 사라져요

이리 휘몰아치는 날은 마음속 얼어 터진 길을 잘라내
고 저 길에 들어가기 쉽게 이 길을 불에 녹여야 한다고,
이대로 이렇게 한 시절을 견뎌야 한다고, 어느 먼 기억이
푸드덕 깃을 쳐요

이글루 아이들이 스크럼을 짜고 있군요 눈 이름을 많

이 아는 것을 들키려고 오래 살아남은 나무들입니다 뜨거운 겨울이 차가운 여름으로 출발하는 소릴 내요 어서 와 어깨 껴라 서둘지 않습니다

눈 폭풍을 찢으러 트루먼 쇼처럼 가요 새끼손가락 쳐들 테니 계절은 돌리지 않기로 해요 그 약속 웃자라도 좋아요

외출에 맞춰져 있던 체온조절기의 숫자는 다 지워 버려요 몸에 싸락눈 쓸어 넣고 그라치오소로 끓어요

집에 시동을 걸어요
시나리오 타닥타닥 태우는 저녁 숲을 지나, 자작나무 껍질에 쓴 연서를 지나, 눈 치우는 날숨으로 피어오르고 싶어 들숨 잡아당기다 졸고 있는 두묵항으로 가요

꽃멸치

누가 미리내를 만졌는지
별바다가 쏟아진다 섬 향은 캄캄할수록 기세 좋게
벋어 올라 별의 혀를 휘영청 밝힌다 키스를 하고 싶다

잘 차려입고 속눈썹으로 물녘을 먹먹하게 두드린다
부두에 내리는 희극의 그림자를 그리는 줄 아무도 모
른다

죄지은 듯 몸을 말고 살았다 햇살 바통 떨어트리지
않고 달리기 위해 틈의 흉터에서 앓았다

내놓고 치라고 슬픔이 밖에 나와 있는 걸 안다 마음
에 두었던 색을
허리에 매고 나아갈 쪽 반대를 치겠다

먼 곳에 홀로 있다고 생각한다 교과서는 온통
낯선 언어로 가득하다 고양이 수염을 아직 버리지
못한

메기의 말이 색다르다 꽃다운 향기처럼 아무 방향이
나 가도 좋다

이방인 놀이는 곧 끝날 것이다 가냘프고
야무진 죽음에게 불려 가듯 날씨에 흐르는 인사말로
돌아가야겠다

아르카익 스마일*

나이프가 너 밥 잘 먹고 다니는지 묻는 것 같아 몇 자 적는다 포크와 함께 접시 연주를 오래 해 온 그가 무릎 꿇는 소리를 낸 것은 처음이다

요즘 세상에 아무것도 가진 게 없어 어둠을 몰아낼 수 있는 것이 있다 나의 필라멘트가 그렇다 그가 문도 열지 않고 나갔다 신발 끈을 묶지도 못한 채 에게해를 떠돌고 있다는 소문만 들려온다

홀로 앓아 아무도
앓지 않는 것을 보다 못한 유리창이 나의 아침 해를 깨 버리자 했단다

땅거미가 나를 감기 시작한다 그렇게 친친 감는 걸 보니 두었다 먹으려는 모양이다 그는 뱃전에 둘러앉아 접기 놀이를 하는 손가락들이나 자신을 반절로 접어 빛을 기대게 하는 지구쯤은 순간에 촉수를 뻗을 수 있어 금세 내 귀에 맛을 들인다

나를 잡아먹으며 내뱉었다는 그의 말을 너네 말로 하면

'여시 알 볶아 먹을 년' 정도 될 거다

나, 너 보고 가야 한다고 얼어붙는 연안을 발에서 떼지 않았단다

심심하다고 사시나무도 아닌 나무에 간지럼을 먹이며 기다렸단다

뜨겁게 달아오른 하루 끝에서 술 마시던 삶들

오늘 참 이상허네 저 나무 말여 플라워flour 같은 눈 참말로 겁나게 털어 쌓네 그러며 컬러 시절처럼 떠들썩하게 눈 맞추는 바람에

넋 거두러 온 노동자도 그만 필름이 끊기고 말았단다

P.S. 네가 사는 곳에서는 이 미소를 뭐라 부르니? 매일 입술 양 끝을 올리면 단단한 미소가 될 수 있을까?

* 그리스 고졸기 조각에서 볼 수 있는 입술 양 끝이 위로 향하는
미소

쓸쓸에 얼굴이 스치면

늦게 일어난 상현달이 햇살 무리에 놀라 하늘 구석에 머리를 찧는다 종아리에 묻은 노란 선을 털지 못한 채 멍때리고 있다

굴거리 잎이 도로 위를 걸어간다 푸르름을 쟁반에 담아 연초록에게 가져가는 발걸음이 굳지 않았다

새하얀 등을 내놓고 은백양 이파리가 제자리 달리기를 시작한다 아스팔트 달궈져 여름이 파래진다

계절 따라 지나는 길이 같은 죄가 공기의 계단참을 차고 오른다 빨간 치마로 갈아입으려 수족관은 안 가린다 저 옛날에 뭍으로 올라왔어야 한다는 후회를 할 땐 사색하듯 엎드려 있다

바다에선 고래가 죽은 새끼를 업고 다닌다 별숲에선 소동이 일어난다 먼 곳을 지나는 새끼들에게 빛살 한 줌 쥐여 보내려

누군가 뒷산을 우두커니 바라본다 저 뒷모습과 피가 같다고? 모기가 앵 토라지면 저물녘은 빨긋빨긋 부풀지

않을 도리가 없다

얼골이 얼굴을 열고 나온다 얼골은 얼굴의 비표준어 얼이 빠진 골 얼이 담기는 골 얼의 살이 새살새살 차오른다

무의식이 쓸쓸의 웃옷을 받아 언덕에 걸고 눈갈기 날리는 핏속 백 미터를 한잔 권한다

초승달 부풀어 터지게 불러도

맘에 드는 날씨를 만나 파란 발을 뽐내던 그는 갔네
바다로 내리꽂혀 오징어같이 흔한 봄날을 물고 날아오
르던 그는 갔네
　나는 봄날에 올라 공기 좋은 날을 차려 놓고 그 너머
를 세 번 부르네

　가시 울에 찔려도 달빛이나 흘리고 말던 그는 갔네
장미처럼 설익은 시를 투명한 달에 묻던 그는 갔네
　나는 블러드문에 올라 잘리지 않는 혀를 세 번 부르
네

　가랑비가 골목을 담을 나뭇잎을 집시랑물을 골고루
울려야 파전 소리가 듣기 좋다던 그는 갔네 이불처럼 버
려져도 척척한 소리를 내던 그는 갔네
　나는 구월에 올라 부리가 서로의 건반이 되던 날을
세 번 부르네

　좌판에 내놓았던 숨을 주섬주섬 거둬들이던 그는 갔

네 팔리지 못한 끝물을 노릇노릇 익히던 그는 갔네

나는 물고기 떼 같은 겨울에 오르네 좁은 냇물에 몰
려도 아무렇지 않은 물고기자리를 세 번 부르네

몰래 따 두었던 초승달 부풀어 터지게 불러도 예외
없는 규칙은 있어

나마저 따가라고 하늘을 따라갔네

혼 풀며 문제까지 푸는 내기였던가

해마다 혀뿌리 붉게 뽑히고 혁명하듯 슬픔 하얗게 벌
리면

사람들이 풋눈을 오므리고 다닌다는 날 보러 오네

황어가 물살을 샌드백 치듯

흘러가는 일이 거슬러 오르는 일이었다
인제 거슬러 오르는 길로 흘러가 보려 한다

솟구치는 동안 주먹이 생긴 황어가 물살을 샌드백
치듯
강물이 한 점에 머물러 있는 새의 눈을 묻혀 한일자
그으며 가듯
한곳에 모인 오직 하나의 마음은 결사대 같아 애잔
하다

연못은 우아하다
손에 바위를 들었다가 꿍 내려놓는 계곡물이 있어서
다
연못은 평평하다 가고 싶은
물을 수직으로 쳐올려 둑을 스칠 듯이 넘기는 고인
물이 있어서다

배롱나무가 그만하면 되었다고 고개를 끄덕인다 꽃

잎 냇물 쏟아져 나의 몰두 움직이지 못한다

　해거름이 궁금해진 물고기 두 마리 끝내 해를 거른
다 해의 가루를 들고 있으면 물낯을 두드리고 싶어진다
그래서 오래 쌓인 세계가 거기 있다

　첫물 담는 소리 고즈넉하다 흐르지 않으면서도 흘러
간결해지는 마음이 흘러온다

　너와 맞들고 바닥을 다지던 통나무를 내려놓는다

시인의 말

궁금했다 던져지지 아니한 곳에서 일어날 수 있는지
커다란 것이 새우의 슬픔에 쫓길 수 있는지
안팎이 차진 하양을 신고 달리면 불쾌와 유쾌도 햇귀
와 해름의 거리를 두고 연결될 수 있을지

정말 세상은 '보이지 않는 끈'으로 맺어져 있을까
끈이 보일 듯 환해지는 가로등 아래 서면 단단한 불
투명이 말랑하기 쉬운 투명을 비출까
열면 빵이 익어 가는 사전은 어디에 꽂혀 있을까

거울에 막 쓰고 바라보았다
햇무리 햇감자 햇굴 햇김치 햇망울 햇가지 햇비둘기
너무 오래 보았다 눈이 부셔 우리가 졌다 그러니 유쾌
해도 괜찮다

과외

저곳은 깊을수록 춥다 주소도 이름도 다 추위다 꽁
꽁 언 춤과 노래를 문밖에 놓았다는 문자가 온다 꼬리
에 춤을 흥성스럽게 매달 생각에 모두들 아~ 입을 벌
리고 다닌다

빵 조각을 흘려 물고기 홀리는 해오라기의 유전자를
편다 움직여야 다가오기 쉽다 거짓의 미동에도 입이 꿰
인다

공어는 걸린 게 아니라 내 민낯 보러 서울 올라온 낯
빛이다 그를 이해한다 아니, 힘도 호기심도 없어 길들이
기 좋은 나를 들킨 기분이다

등은 개와 늑대 사이의 시간을 켰고 품은 밥을 짓고
있다 이런 등과 품이 한 몸에 있던 때가 내게도 있었다

속없이 속이 없는 걸 보여 주고 살았어도 무늬 한 장
모으지 못했다 있는 속을 감추며 살아온 나도 비늘 한

줄 가져가지 못할 것이다

　이 사이에 몸 받쳐 새끼가 도망갈 새를 만든다는 호
사가의 이야기는 혀에서 돋아나길 기다리는 풀
　공어는 무너져 내려 붉게 취하는 소동을 그냥 느끼기
로 한 듯하다

　눈은 미늘이 있다 혀로 눈을 받아먹어 본 사람이라
면 누구나 목이 걸려 며칠 앓아눕기도 했을 것이다

　오늘 눈은 공허를 낚을 공허를 달고 있어 팔에 울퉁
불퉁 힘이 올라 있다 과외하러 올라가기 좋은 날이다

　고요가 입질하는 느낌을 전달하면 찌릿할 것 같다 거
기 비에 내리는 비애를 기쁘게 맛보게 하겠다

나의 화전들

당신이 느낌을 싸 주면 저수지에 갇혔다 풀려난 달빛을 입술에 피우겠다

적의 발치에 닿을락 말락 하는 거리에서 창 던지는 싸움을 즐겨야겠다

불과 싸워 다른 몸 가꿀 때를 놓치지 않는 꽃부꾸미가 그리우면 그 시절로 도망가겠다

내지른 주먹의 높이가 달라 동서 하늘에 찍히는 꽃문양 주먹 벽돌로 마을을 짓겠다

한겨울 책상에 앉아 꽃무늬 담요를 덮고 고요 한 그루 두드리는 무릎을 애정하겠다

벌과 담비와 벌꾼 모두 살리기 위해 봄의 엄지가 엉엉울 때까지 불화살을 맞겠다

들이 흰민들레를 쏘았는지 노란 민들레를 쏘았는지
따지지 않겠다

꽃쌈은 맞걸고 해야 한다는 것만 아물 만하면 도지
는 웃음으로 기억하겠다

알 수 없는 유리 어쩌면

꿀벌은 유리를 모르므로 갇힌 줄 모른다
안다고 믿으므로 밖이 보여도 갈 수 없는 길이 있는
줄 모른다

유혹하지 않고 살아갈 수는 없으므로 다육 식물이
풀어내는 활주로를 탓할 수는 없다

허기 앞세워 들어오는 날갯짓은 죄로 갈 짓이 아니니
빛에 눈먼 눈을 찔러야 하나 물러 달라고 해야 하나

꽃과 꽃을 잇는 항로인 빛에게 손가락질이나 해야 하
나

투명에 숨골을 찧는 어리꿀벌
앳된 가루 날릴 뿐
바깥길은 적적한 게 무엇인지나 알아봐야겠다는 듯
딴청이다

나는 부드러운 손짓을 벗어 들고 그를 놀던 물로 몰았
으나 찔릴지 모른다는 듯 물선 곳으로 숨어 버린다

나도 빛을 향해 날아올랐으나 곤두박질친 적 많았다
까닭 없이 혹은 닭을 타고 날았다는 듯 아팠다
안에서 불어온 바람이 없어 솜털은 밖을 가리키지 못
했다
혀가 짧아 가까운 이를 쏘았다 놀림에 익고 놀람을
익혔다고 착각했다

알 수 없는 유리는 영영 알 수 없다 나가는 방법은 두
가지
여기부터 저기까지 차분차분 더듬는다 혹은 여기저
기 날아다닌다
그러다 바람이 오는 틈을 발견한다
아하, 소리가 유리를 불어 버린다 밖이 안을 끌어당
겨 덮는다

양파를 가로썰면 안도 밖이 된다 이런 문장으로 투
명에 싹을 내고 있으면 뒤통수가 가려워졌다 짙어 가는
날이 있을 거라고 머리에 끄적이는 게 있었다

등대 자기

등대와 하룻밤을 자고 나서
불이 아련히 트도록 물에 불리는 버릇이 생겼다
　둘레 있는 구상에 불빛을 담다 철썩철썩 깨져도 속
상하지 않았다
　등대에 자기를 부쳐 돌아갈 답을 받는 파도처럼 북극
자기에 끌려 껍질째 씻어 준 길을 아삭하게 베어 무는
쇄빙선이 되곤 하였다

　등대가 비추는 길을 걸었다 불길에 겨워 물에 빠졌다
　불씨를 추슬러 걸으며 느꼈다 나를 좋아할 한 사람
있고 내가 좋아할 한 사람 있다는 걸 등불이 배낭에 매
달려 찰그랑거렸다

　등대가 뱃머리에 던져 준 방향을 일으키며 알았다
　초록 불 하양 등대의 항구는 오른쪽에, 빨간 불 빨강
등대의 항구는 왼편에 있는 것을

　호주머니로 자기 손바닥을 훔쳐 쓴다

죽기 전 세상 모든 등대에서 자고 싶다고

나는 등대지기가 아니므로, 잠을 자는 등대 자기이므로, 너를 소란하고 캄캄하게 부르는 기회로 삼았다

나는 너에게 똑바로 빛을 비추지만 네가 내게 오는 길은 직선이든 선분이든 곡선이든 다 괜찮다

오늘

나는 산벚나무, 물결을 열고 나와 기지개를 켠다 데
칼코마니의 말괄량이 형식이다 반대말 있는 것은 고르
느라 하얀 털실을 풀고 있다 없는 것은 아니, 아니 하며
잔잔하다

파도가 꽃에서만 맴돌던 길을 자락자락 밟는다 바짝
말린 나이테와 생선이 달리 핀다 에돌아갈 수 없어 떠돈
다

잘못을 먹을 줄 몰랐다 뉘우치진 말자 나가는 길은
돌아가 돌아오지 않는다 돌아가는 길만 돌아온다 잘 삭
은 과오를 악기 삼아 뻐꾹뻐꾹 하면 될 일

물거품에 적을 게 있으면 꼬리 흔들고 적을 게 없으면
아는 개어귀에게 가는 공방에게 목줄 쥐여 주자 방울
소리 양각하러 가자

해 질 녘을 원 없이 끌질한다 들여 새겼으면 도드라지

게 새길 생각 말기 어두워지는 게 두려워 칼을 받아들이지 않기

하나를 없애면 덜 걸어 여름에서 추방되는 여름처럼 목판에 들어가 골라 새긴 후회를 눈여겨본다

나를 찍으러 오는 오늘에게 몸 반듯이 펴겠다 나가지 않고 익어 가는 냄새가 멀리서 들린다 알려진 잎차례 아닌 다른 배열을 바라는 잎이 있을지 모른다

길에 떨어져 길이 된 잎맥 몇 개 나를 고르고 앞세웠다 돌아간다 있으면 있는 대로 없으면 없는 대로 톡톡 터지며

마음을 원피스처럼 말릴 거야

부드러움과 단단함은 점선으로 이어져 있어 바닷가
마을
몇 개에 점 하나가 필락 말락 해 예광탄을 쏘면
어디로 가는지 볼 수 있어

난 탄력을 먹고 졸깃하게 바다를 나온 물방울 이산화
탄소와
산소를 맞바꾸는 현장을 본 날
입김은 유달리 나뉘기를 싫어하고

줄지어 앞으로 가는 것들은 내가 있어 이별 키스를
하려면
무리에서 떨어져 나와야 해 내가 없어질 때마다
줄이 흐트러져

날 아름답게 부르면 방울꽃
흰 복면을 하고 저울까지 따라온 나에게
누군가 올린 이름이야 저울이 잠시 덜덜 떠는 이유를

알겠지?

　방언사전에 막심 쓰고 어쩌고 하는 말이 나와
　마지막이 갖는 힘일 거야 뜰채가 날 건져 갈 일을 드
문드문 기억하는 것 같아 다행이야

　회 치기 전에 기절 먼저 시키는
　사람의 등은 굽어 있어 칼등과 민어의
　대화를 엿들으려 했던 것이 습관이 되었겠지

　해가 햇살 하나 부러뜨려 잔디에 올려놓고
　그게 자기인지 묻는 날
　마음을 원피스처럼 햇볕에 널어 말릴 거야

끌리기 좋은 간격

끝이 연필을 데리고 왔습니다 끌림이 시작되는 연필 한 다스의 거리에서 머뭇거립니다 어디를 건너온 듯 연필 속 물과 불이 젖어 있습니다 먼 곳을 가다 샛길에 팔목을 잡혀 온 것 같기도 합니다

연필엔 손바닥만 한 끌림이 들었습니다 양철을 풀면 숨어 있던 해가 코를 내밉니다 연필을 깎으면 숨어 있던 달이 발을 내밉니다 연필이 마신 이산화탄소와 내가 마신 산소를 불러 키를 잽니다 그만한 길이입니다 덜 미안합니다

연필에는 잡기 좋은 끌림이 있습니다 얼어붙은 말소리를 호호 불어 쓰는 피의 온기가 묻어 있습니다 페인트가 땀구멍을 열고 있어 질감은 밖에서 뛰어놉니다 손가락무늬를 발급해 준 나뭇결이 괭이를 일굽니다 괭이는 굳은살의 방언, 고양이의 준말, 땅을 파거나 흙을 고르는 농기구 다 헤아릴 수 없어 차라리 밤에 잠긴 온갖 것들이라 해야 할 것 같습니다

닳아져야 끌림이 생깁니다 달이나 원 없이 밝도록 확
어두워져 버리고 싶은 밤 누군가 내 뼈에 지우개와 심을
달아 줍니다 시월에 스며든 칼을 견딥니다

연필 끝에 달을 달아
그대 생각 아껴 가며 지우고 쓰겠습니다

답장을 보내도 괜찮습니다
연필 끝에 달을 달아
(   )다

공동체와 얼굴의 윤리

박동억(문학평론가)

1. 미소의 이면

마음을 다하여 본 사람은 안다. 나의 얼굴이 나의 소유가 아닐 수 있음을. 이를테면 당신을 위해 얼굴을 쓰는 순간이 있다. 당신이 웃을 때 따라 웃었고 당신이 울때 따라 울었다. 눈 맞춤을 위해 두 눈을 돌리지 못하기도 했다. 한편 그 때문에 얼굴을 견뎌야 하는 순간도 있었을 것이다. 당신의 미소를 지키기 위해 마른 입술을 감추는 시간이 있었다. 어제의 상실을 어금니로 삼킨채 환하게 웃어야 하는 날도 있었다. 그렇게 얼굴을 견디는 만큼 얼굴은 나의 것이 아니라 마주 보기 위한 장소에 가까워진다. 그런데 이것은 우리의 얼굴에 대한 이야기만은 아니다. 이것은 서정의 본질에 대한 이야기이기도 하다.

누군가 서정의 본질을 세계의 자아화라고 설명한 적있다. 그에 따르면 세상을 자신의 눈과 마음으로 바라보고 자신의 언어로 표현하는 자가 곧 서정시인인 셈이다. 이러한 관점에 따르면 서정은 세상 모든 것과 자기 마음대로 교감하는 어린아이의 순수함을 닮았다. 그런데 누가 오롯이 '보는 나'이기만 할 수 있을까. 과연 어떤 이의 마음이 타인의 미소에 기대지 않고, 또는 타인을 향해 자신의 얼굴을 내어 주지 않고 홀로 설 수 있을까. 대신 서정시 또한 얼굴을 마주하는 방식일 수밖에 없다고 말해 보자. 그렇다면 우리는 오히려 이렇게 물어야 한다. 왜 서정시인은 자신의 마음을 다할 수밖에 없는가. 자신의 표정을 견디는 얼굴이란 무엇인가.

열차와 멧돼지가 우연히 부딪쳐 죽을 일은 흔치 않으므로
호남선 개태사역 부근에서 멧돼지 한 마리가
열차에 뛰어들었다는 기사를 나는 믿기로 했다

오늘 밤 내가 떨지 않기 위해 덮을 일간지 몇 장도
실은 숲에 사는 나무를 얇게 저며 만든 것
활자처럼 빽빽하게 개체수를 늘려 온 멧돼지를 탓할 수는 없다

동면에 들어간 나무뿌리를 주둥이로 캐다가
홀쭉해지는 새끼들의 아랫배를 혀로 핥다가
밤 열차를 타면 도토리 몇 자루

등에 지고 올 수 있으리라 멧돼지는 믿었던 것이다

—「노숙」부분

　시집의 첫 작품인 「노숙」은 충청남도 논산 개태사역에서 멧돼지 한 마리가 새마을호 열차에 부딪혀 죽은 실화를 전한다. 신문 기사에는 "활자처럼 빽빽하게" 개체수가 늘어나 멧돼지가 사람이 사는 곳까지 내려왔다는 무미건조한 서술뿐이었겠지만, 시인은 그보다 나아가 멧돼지의 마음을 헤아려 보려 한다. 멧돼지는 굶주린 새끼를 돌보아야 했을 것이다. 배고픔에 우는 새끼들을 위해 겨울나무의 차가운 뿌리까지 주둥이로 들춰 보기도 했을 것이다. 그러다가 "도토리 몇 자루"를 얻기 위해 사람의 열차에 오르려 했다. 물론 이것은 서정의 문법이다. 시인은 본래 앎의 대상이 될 수 없는 타자의 마음을 나의 연민하는 마음에 비추어 상상하고 있다.

　그러나 이 해석은 충분한 것인가. 이 시의 문법을 꼼꼼히 살펴보도록 하자. 시인은 멧돼지의 일화를 전하면서 '믿는다'라는 서술어를 반복하여 사용하고 있다. 더 정확히 말해 "나는 믿기로 했다"라고 쓴 뒤, 그다음에는 "멧돼지는 믿었던 것이다"라고 쓴다. 여기서 믿음이란 타자를 향한 믿음을 뜻한다. 나는 멧돼지가 스스로 열차에 뛰어들기를 결심했다고 믿는다. 이러한 서술 태도는 돼지의 마음이 '어떠했다'라고 단순 진술하는 것과는 사뭇 다르다. 여기에는 멧돼지의 마음에 대해 함부로 단정하지 못했던 순간의 머뭇거림이 어려 있다. 따라서 이 작품에서 '나'는 이렇게 말하고 있는 셈이다. 저는 돼지의 마음을 알 수 있다고 말하는 것은 아닙니다. 다만 그렇게 믿을 뿐입니다. 그리고 제가 그러하듯 멧돼지 또한 무엇인가를 믿었으리라고 믿을 뿐입니다.

이 '서정적 믿음'은 무엇인가. 여기서 시인은 사람과 멧돼지의 관계를 일방적인 상상이 아니라 어떠한 믿음으로 묶고 있는 셈이다. 당신을 믿겠습니다. 이러한 서술 태도는 서정의 문법이 곧 주관성의 투영에 지나지 않을 수 있음을 자각한 자의 것이다. 타인을 자신의 마음대로 해석하는 데 주저하는 자의 것이기도 하다. 그런데 타인의 마음이 오롯이 타인의 것이라면, 그래서 멧돼지의 일생을 함부로 해석하는 것이 폭력이 된다면 애초에 서정적 믿음조차 섣부른 것이 아닐까. 어째서 시인은 멧돼지의 마음을 추측하고 상상하기를 포기하지 않는 것일까.

이때 "오늘 밤 내가 떨지 않기 위해 덮을 일간지 몇 장도/실은 숲에 사는 나무를 얇게 저며 만든 것"이라는 문장을 주목해야 한다. 여기서 우리는 '나'가 어떠한 자세로 세상을 대하는지 깨닫는다. 실은 '나'와 멧돼지는 먼 존재가 아니라는 것이다. 노숙자가 덮은 일간지조차

실은 저 숲의 나무와 관계하는 방식이라는 것이다. 여기서 우리는 시인의 '믿음'의 배경으로 곧 모든 존재가 상통한다는 존재론적 믿음이 놓인다는 것을 확인한다. 덧붙여 우리는 '서정적 믿음'이 왜 필요한 것인지도 추측해 볼 수 있다. 「노숙」에서 멧돼지에 관해 서술한 모든 내용은 그저 시인의 상상에 지나지 않을 수 있다. 그러나 이 작품의 모든 문장은 명백히 멧돼지를 '향한' 것이다. 그것은 우리와 멧돼지가 먼 존재가 아니라는 믿음, 그리고 우리와 멧돼지가 함께 살아가는 존재라는 믿음 또한 향하고 있다. 이때 말의 정확함보다 중요한 것은 말의 방향이 아닐까.

나는 당신을 모른다. 그러나 당신을 믿을 것이다. 당신과 관계하기 위해서. 이렇게 한 꺼풀씩 서정의 문법을 파고들어 갈 때 우리는 서정의 핵심에 도달한다. 서정은 당신에 대하여 말하기 위해서 필요한 것이 아니라, 당신과 관계하기 위하여 필요한 것인지도 모른다. 서정시의 결과물로서 우리는 세계를 자아화하는 문장을 만나게 되지만, 실상 서정의 출발점은 단지 당신과 관계하려는 열정뿐일 수 있다. 당신에 대한 말이기 이전에 당신을 향한 목소리의 떨림이 있다. 「노숙」을 성립하게 하는 근본적인 주제는 곧 서정시를 가능케 하는 '서정적 믿음'이며, 그 믿음의 진정성은 목소리의 떨림과 방향에서 전해지는 것이다.

　이를테면 또 다른 작품 「해독이라 하자」에서 시인은 "키스와 말에 굶주린 혀로 무엇을 읽을 수 있을까"라고 묻고 있다. 그는 스스로 답해 본다. "'없음'에게 가는 '없음'의, '있음'에게 가는 '있음'의 철자를 굴리다 보면 새로 태어나는 단어에서 흐르는 피도 멎고 막대사탕 맛이 날지 모른다". 여기서 시인은 타인의 현존이 우리에게 읽을 수 있는 문자로서 주어져 '있거나' 주어져 '있지 않다'는 사실을 대조해 보고 있지만, 앎의 유무 자체는 중요하지 않을지도 모른다. 핵심은 철자를 굴리듯 당신을 발음하기 위해 혀끝을 움직인다는 것, 즉 당신'에게' 향해 있다는 사건 자체이다. 또한 이 작품의 제목이 중의적으로 함축하듯 해독解毒과 해독解讀은 다르지 않다. "당신의 치명적인 아름다움에서 벗어날 수 없다"라는 사실을 받아들이는 것, 그저 사로잡히는 것이야말로 서정의 본질임을 이영종 시인은 말하고 있다.

2. 전 지구적 교감

　지금까지 살펴본 바에 비추어 본다면 이영종 시인의 시를 이해하는 데 중요한 것은 관계론적 관점인 듯하다. 명백히 그의 시는 '보는 나'일 뿐만 아니라 '보이는 나'임을 자각한 자의 문법으로 쓰인다. 또한 이러한 맥락에서 그의 시는 서정시의 근본적인 한 성격 또한 이해할 수 있게 해 준다. 서정은 일방적 말함이 아니다. 오히려 그것은 마주 봄이다. 서정이란 당신을 맞이하기 위해 표정을 지속하는 것이다. 이때 우리는 우리가 사랑하는 사람들을 위해 미소 짓는 이유를 떠올려 보아야 한다. 그것에 비추어 서정시의 자아가 흔들림 없는 '나'로 지속하는 이유 또한 생각해 볼 수 있겠다. 서정시의 '나'는 왜 동일한 목소리를 지속하는 것일까. 그것은 정말로 현실의 우리가 안정된 주체이기 때문이 아니라, 그 묵묵한 목소리가 타인에게 믿음을 주는 방식이기 때문이기 때문이 아닐까. 덧붙여 그것이 타인을 굳건하게 믿는다는 사실을 표현하는 방식이기 때문이지 않을까.

여기와 저기 사이에 무엇을 그릴래?

살아 있는 사이를, 뼈에 붙어야 연하게 펄럭이는 오월을, 같은 소리 다른 뜻 다른 소리 같은 뜻을 주고받는 아가미를, '삶과 죽음은 미늘 차이'라고 귀엣말하는 산호초를, 비춰 볼 자신 있는 자들을 위해 만들 예정인 살면面이라는 낱말을, 원뿌리를 미리 잘라 기른 실뿌리를, 자라는 말 그대로 두어 눈꽃 냄새 나는 설화를 너와 나 사이에 무엇을 띄울래?

결코 알지 못할 크기를, 안팎이 차진 운동화 같은 하
양을, 게와 새우의 슬픔에 쫓기는 맑은 날을, 열면 빵이
익어 가는 사전을, 양팔 벌리기 적당한 햇볕을, 마음 쉬이
들키는 노크를, 얼굴 묻은 '잠시만요'를, 무릎 꿇는 통꽃
을, 입술 열고 바람 쐬는 혀끝을, 해진 그물코에 걸려 주
는 '너랑 살았으면 좋겠다'를, 말놀이의 잘랑잘랑을

손수건에 그리고 띄운 것들이 지구 주위를 떠돌고 있
다

두드리고 있는 것은 풀빛으로, 두드리는지 아닌지 알
수 없는 것은 흰색으로, 두드리다 날아간 것은 빨강으로,
혼수에 빠진 것은 오렌지색으로, 죽어 공기에 묻힌 것은
잿빛으로 칠하는 이가 있다

— 「멀리서 두드리는 것들」 전문

이영종 시인의 시에서 귀하게 다루어지는 것은 관계
이다. 이 작품에서 확인하듯 시인은 줄곧 자신의 마음
이 아니라 "여기와 저기" 사이, "살아 있는 사이"의 관계
맺음에 눈길을 둔다. 그리고 그는 이렇게 묻고 있다. "같

은 소리 다른 뜻 다른 소리 같은 뜻을 주고받는 아가미"
처럼, 존재들은 때론 말이 어긋나고 때론 뜻이 어긋나기
도 하는 관계의 실패를 겪을 것이다. 그 어긋나 있는 '사
이'를 무엇으로 채울 것인가. 이것은 곧 산호초와 원뿌
리를 비롯한 수많은 살아 있는 존재에 대한 물음으로 확
장해 간다. 결국 이 작품은 살아 있는 그 수많은 생명체
를 묶어 주는 "자라는 말"이자 "눈꽃 냄새 나는 설화"는
무엇이냐는 질문으로 옮아 간다. 바로 이것은 종의 차원
을 넘어선 윤리적 물음이기도 하다.

"너랑 살았으면 좋겠다"라는 문장처럼 지구상의 수
많은 생명체와 함께 살기를 바라는 마음은 이 시의 윤
리가 지향하는 목적지이다. 그렇다면 시인은 생명 사이
의 관계에 어떤 실천을 기획해 보려 하는가. 이 작품에
는 타인을 귀하게 배려하는 손짓이 있다. 이를테면 이
시의 술어들을 하나의 손짓이라고 상상해도 좋다. 때론
좀 더 아름다운 빛깔을 '그려 넣고', 낯선 생명들을 조심
스럽게 '그대로 두며', 당신과 나 사이의 허공을 헤집는
대신 가만히 '띄워 두는' 손짓들을 이 작품에서 확인할
수 있다. 또한 잔잔한 물결처럼 "말놀이의 잘랑잘랑"을
주고받으며, 당신과 나를 잇는 풍경을 때론 원색으로 때
론 무채색으로 아름답게 칠하는 붓질도 있다.

이 손길 속에서 두 가지 윤리적 원칙을 우리는 확인

한다. 섣부르게 다가서서는 안 된다. 서로 다른 생명체의 사이를 함부로 좁히는 것이 아니라 그 좁혀지지 않는 다름을 소중히 다룰 줄 알아야 한다. 한편 삶을 아름답게 채색해야 한다. 어떤 슬픔과 상실이 지속할지라도, 또한 서로의 마음을 나누는 일이 불가능하며 서로의 닫힌 마음을 '두드리는' 시간만이 지속할지라도 그 모든 시간을 아름다운 물감으로 삼으려는 노력은 계속되어야 한다. 이 두 가지 원칙에 함의된 것은 삶의 긍정이다. 관계의 실패나 삶의 절망 앞에서도 삶을 무한한 캔버스로 삼아 보는 손끝의 자유이다.

더 나아가 이영종 시인의 정신은 비인간 타자와의 관계로까지 확장해 간다. 시「주먹을 펴게 하는 함박눈으로」에서 시인은 우주를 유영하는 소행성 베누Bennu를 향해 말 건네 본다. 이때 외딴 소행성의 속도는 곧 마음의 절박함에 비례하는 것처럼 여겨진다. 그래서 소행성을 달래듯 "절벽에 벗어 놓은 중력 한 켤레를 들이받지 않으려 애쓰는 줄 알아"라고 시인은 말해 본다. 더 나아가 소행성을 위로하듯 "주먹을 펴게 하는 함박눈으로 낡아 갈 거야"라고 말 건네기도 한다. 이러한 진술들 역시 앞서 분석한 윤리적 원칙과 거리가 멀지 않다. 소행성의 절망조차 함박눈의 무게처럼 가벼워질 수 있다는 긍정을 우리는 확인한다.

삶을 긍정하는 정신에 기대어 이영종 시인의 사유는 국경도 인종도 넘어선다. 그 힘이 전 지구적 존재의 관계 맺음을 사유하려는 태도를 견지할 수 있게 만드는지도 모른다. 그의 시는 "아무 데나 날아가는 웃음을 태양까지 쌓는 일"(「바다가 보이는 미용실」)이 가능하다는 믿음으로, 아니 적어도 그러한 문장을 지속해야 한다는 믿음으로 쓰인다. 그에게 우주는 보이지 않은 관계의 끈으로 가득하다. 그렇기에 "장미와 아이가 울면 케냐의 가난은 마른 물을 누구에게 물리나"(「보이지 않는 끈」)라고 그는 쓸 수 있다. 무엇보다 이러한 문장은 단순히 모든 존재가 인과적으로 관계 맺고 있다는 물리적 사실을 말하지 않는다. 오히려 모든 존재가 상대에게 사로잡히고 서로 배려할 수 있다는 믿음을 가없이 확장하고 있다.

3. 사랑의 구도

이 시집을 단 하나의 표정으로 바꾸어 표현한다면 그것은 세상의 모든 존재를 환대하는 미소일 것이다. 시인이 우리에게 "눈이 부셔 우리가 졌어/괜찮아/유쾌해도 괜찮아"(「햇빛에 대해 궁금함」)라고 말 건넬 때, 우리는 그것의 맑은 낙관주의와 함께 그 미소가 짊어지고 있는 그늘에 대해서도 생각해 보게 된다. 그 미소는, 어떤 슬

146

품을 견디며 빚어진 입술인가. 또한 그의 미소는 '이곳'을 위한 것이 아니라 '저곳'을 환대하기 위해서 지어진 것이기도 하다. 삶에 패배하는 것이 '우리'인 한 괜찮은 것이라고, 유쾌해도 좋은 것이라고 말이다.

이 긍정의 힘은 어디서 오는 것일까. 이를테면 그 넉넉한 마음은 다정한 아버지와의 추억에서 온 것일지도 모른다. 어린 시절 "둥근 것은 마음 모으기 좋아 돌아간다고 믿을 때 이마란 모름지기 시원해야 한다며 솜털 뽑아 주던 아버지가"(「그러므로 야구공」) 계셨다. 이처럼 유년의 원형적 세계가 지구를 전망할 수 있는 둥근 마음의 기원이 아닐까. 혹은 오랫동안 쌓아 온 사람들과의 추억이 그러한 마음을 길어낸 것일지도 모른다. 예를 들어 "Y나 내가 찾아왔던 옛사람의 흔적은 식물이 줄기세포에 숨겨 버린 뒤였다"(「에어 택시」)라고 말할 때 우리는 선조들이 우리의 세포에 새긴 어떤 마음을 상상해 볼 수 있겠다. 아니, 어쩌면 앞으로도 사랑할 수 있다는 믿음이야말로 이 시집에서 가장 깊은 것일 수도 있다. "대추야자 씨네 집에 들렀다 여자 친구와 저녁을 먹으려 이천 년 동안 해거름과 온도와 물기를 다듬고 있다고 하였다"(「무의미에서 무를 뽑아 들고」)라는 이미지 속에서 우리는 이천 년을 몸단장하였고 앞으로도 그만큼의 시간을 인내할 수 있을 사랑의 자세를 확인한다.

결국 당신을 향한 미소는 이 시집을 이루는 존재 자체라고 보아도 좋지 않을까. 과거의 추억을 향해서도, 주어진 우리의 육체를 향해서도, 그리고 앞으로 계속될 미래를 향해서도 시인은 사랑이라고 답한다. 사랑했고, 사랑하고 있으며, 사랑할 수 있다. 사랑을 나누고 사랑으로 되돌아오는 몸짓이야말로 이 시집에서 행하고 있는 전부인 듯 보인다. "사랑 한 벌 의류 수거함에 넣으려다 오금 펴 다시 데려왔다"(「이가 입을 물듯」)라는 시구처럼, 사랑이라는 옷을 입고, 그것을 타인에게 건네려다가 어떠한 아쉬움에 다시 내 품에 되돌리는 몸짓이 있다. 이것은 결국 사랑을 혀끝으로 간절히 발음하려는 시도와 다르지 않다. 이 마음이 곧 이영종 시인이 세계를 긍정하는 근본적인 틀이 된다.

안녕하세요 세상의 모든 울음, 이슬입니다 전 울고 싶을 땐 움푹 팬 곳도 금방 가로질러 와요 눈시울 뜨거워져 눈물이 몸부림치고 있다고요 로프 던져 주느라 힘들다고요 오늘은 식물원보다 잘 우는 숨결원을 소개해 드리죠 눈물 여울을 참으면 병이 됩니다

몽돌이 통증을 꿰지를 듯 울어 이슬비 내리는 바닷가 울다 가려는 것처럼 주저앉아

얼굴 남김없이 주워 두 손으로 감싸세요

지금도 수억 명이 공중을 여행하고 있죠 날개 없는 일
개미, 비행 거미, 줄무늬오이딱정벌레, 분홍나방 등등 그
들이 토닥토닥하러 와요 이스트 같은 숨결을 불어 주죠
손과 얼굴 사이가 부풀어 올라요 거대한 숨결원이 됩니
다 바닥 둘 울타리 열 폐활량은 여덟이죠 허방도 여럿이
죠

숨결들이 물조리개로 눈물을 뿌립니다 쇠라처럼 눈물
로 점을 찍어요 악어에서 빼낸 눈물로 구슬치기를 합니
다 끝나면 즐거움으로 버무린 슬픔의 맛집으로 갈 거예
요 는개 단비 꽃비 다 같이 갑니다

바다가 하늘로 쏟아지듯 울고 나면 목을 놓고 울던 숨
결원은 목 찾느라 부산해지겠지요 수선화 피듯 수선스럽
겠지요 카타르시스의 뜰을 쪼며 샛노랗게 쫑알대겠지요

저는 울 곳 찾아다니다 빗방울 무늬가 있는 눈으로 파
고들겠습니다
                              ─「노랗게 쫑알거리는 눈물」 전문

수억 사람의 눈물도 멀리서 보면 한 폭의 그림에 지나지 않을 수 있다. 수천억의 생명이 인류를 감싸 주고 있음을 생각하면 세상은 "거대한 숨결원"처럼 보이기 시작한다. 우리의 한숨을 보듬어 주는 자연의 폐가 있다. 우리의 눈물을 받아 주는 고요한 대지가 있다. 인류의 슬픔이라는 것도 자연에 비추어 보면 쇠라가 그린 점묘화에 지나지 않을 수 있다. 그런데 우리는 이러한 진술들이 단지 현실을 '멀리서만' 관조하는 지식인의 태도와는 거리가 있음을 유념해야 한다. 지금까지 살펴본 시작품에 비추어 볼 때, 오히려 이영종 시인은 세상의 모든 존재와 관계할 수 있다는 심려에 기대고 있다고 판단된다.

요컨대 맡기라는 것이다. 당신의 슬픔을 타인에게, 이 드넓은 타자들에게 맡겨 두어도 좋다는 것이다. "저 푸르고 해쓱한 점에서 방을 넓히려 애쓰는 사람아/오로라 같이 지구의 속삭임에 귀 기울여라 흰 여우같이 뒷발로 아픔 차올려 눈구름 일으켜라"(「개와 꽃을 안고 있는 노인과 등반가」)라고 시인은 말한다. 우주에 비추어 본다면 지구조차 좁은 방이다. 그런데 이 작품의 핵심은 사람을 향한 말이라는 데 있다. 시인은 이렇게 말하는 듯하다. 수많은 사람이 제 마음을 세상의 한계로 여기고 그 안에서 걸어 나오지 못한다. 자신의 통증에 갇히고

만다. 그러나 아픔을 차올려라. 지구의 속삭임에 귀를 기울여라.

이러한 긍정의 정신이 곧 끈질긴 미소임을, 미소의 응전임을 우리는 다시 한번 떠올려야 할 것이다. 「오늘의 눈사람이 반짝였다」에서 시인은 자신이 겪은 사고에 대해 "볼 수 없는 출혈"과 "뇌 사진" 등의 표현으로 암시한다. 또한 자신이 겪고 있는 징후에 대해서도 "아침에 세 알 먹고 줄을 잡는다 점심에 두 알 먹고 깃대를 오른다 저녁에 네 알 먹고 나풀거리던 어제가 흐려졌다"라고 표현한다. 더 분명하게 "애달픔은 깊고 넓다"라고 말해 보기도 한다. 그래도 그는 끝내 이렇게 적는다. "오늘의 웃음이 반짝거렸다"라고 말이다. "죽은 자는 눈이고 산 자는 사람이라 오늘의 눈사람이 반짝였다"라고 말이다.

따라서 이 시집에서 미소는 쌓아 가는 것이라고 표현해도 좋다. 그리고 그 미소를 통해 무엇을 지킬 수 있는지 "한 번에 하나씩 쌓는 것이 어떻게 성안의 온도를 지키는지 말해 주려"(「연두 연두 봄 산」), 깨닫게 만들기 위해서 이 시집은 말 건네는 듯하다. 그런데 이 '쌓아 감'이란 더 근본적으로는 두 존재가 얼굴을 마주하는 사건과 다르지 않다. 두 개의 둥근 마음이 포개어지듯, 혹은 "엄마는 아기를 새로운 듯 바라보고/아기는 엄마를 익숙한 듯 바라보면"(「작고 느리고 부드러운」) 탄생하는 지극한 마주 봄이야말로, 그렇게 두 개의 시선이 서로 기대는 순간이야말로 이 시집의 미소가 의미를 지니는 순간인 것이다.

4. 지극할 것, 충실할 것

따라서 이 시집이 제안하는 윤리는 사실 높고 넓은 것이 아니다. 모든 생명과 우주에 대해 진술하고 있음에도, 또한 웃음을 태양의 높이까지 쌓아 가는 몸짓을 표현하고 있음에도 불구하고, 근본적으로 이 모든 넓이와 높이를 통해 표현하고자 하는 것은 대면의 지극함이기 때문이다. 오히려 그것은 모든 존재를 대등한 평면 위에 올려놓으려는 윤리적 의식이라고 표현해야 할 것이다. 이때 사람이 가장 지극하고 충실하게 다루어야 하는 것이 있다면 바로 타자의 얼굴이 된다. 그것은 완벽한 소통을 꿈꾼다는 의미가 아니다. 오히려 이 시집에 표현된 것은 때론 피하고 싶고 때론 어떻게 표정 지어야 할지도 어려운 그 얼굴 앞에서 기다리는 일, 그렇게 기다리며 "너에게 흘러가 우연히 만들어질 얼룩 혹은 어긋남을 상상하며"(「반나절」) 충분히 기다리는 일에 가깝다.

누가 미리내를 만졌는지
별바다가 쏟아진다 섬 향은 캄캄할수록 기세 좋게

벗어 올라 별의 혀를 휘영청 밝힌다 키스를 하고 싶다

잘 차려입고 속눈썹으로 물녘을 먹먹하게 두드린다
부두에 내리는 희극의 그림자를 그리는 줄 아무도 모른
다

죄지은 듯 몸을 말고 살았다 햇살 바통 떨어트리지 않
고 달리기 위해 틈의 흉터에서 앓았다

내놓고 치라고 슬픔이 밖에 나와 있는 걸 안다 마음에
두었던 색을
허리에 매고 나아갈 쪽 반대를 치겠다

먼 곳에 홀로 있다고 생각한다 교과서는 온통
낯선 언어로 가득하다 고양이 수염을 아직 버리지 못
한
메기의 말이 색다르다 꽃다운 향기처럼 아무 방향이
나 가도 좋다

이방인 놀이는 곧 끝날 것이다 가냘프고
야무진 죽음에게 불려 가듯 날씨에 흐르는 인사말로
돌아가야겠다

　　　　　　　　　　　　　　　—「꽃멸치」전문

다르게 말하면 그것은 자신의 표정을 견디는 일이기도 하다. 당신을 맑은 얼굴로 맞이하기 위해서 자신의 마음을 견디는 일이기도 하다. 시 「꽃멸치」는 자기 선언적인 작품이다. 그는 자신의 '죄'와 '흉터'를 앓으면서도, 또한 자신의 '슬픔'을 견딘 이후에 "나아갈 쪽 반대를 치겠다"라고 말한다. 어쩌면 그는 자신이 짊어진 삶의 반대를 표현하겠다고 말하고 있는 듯하다. 다음 연에서는 좀 더 명확하게 "꽃다운 향기처럼 아무 방향이나 가도 좋다"라고 쓴다. 이러한 진술들이 함의하는 바는 다음과 같다. 삶이 그늘로 가득하다면 그는 삶을 환한 것이라고 발음해 볼 것이다. 외로움이 닥쳐온다면 그는 삶이 낯설고 색다른 것이라고 말해 볼 것이다. 그래서 이 시의 마지막 연에서 시인은 죽음을 헤어짐이 아니라 만남이라고 적을 수 있다. "야무진 죽음에게 불려 가"는 사건이 곧 그에게는 "인사말로 돌아가"는 일과 구분되지 않는 이유는 그 때문이다.

이제 우리는 이영종 시인이 빚어낸 시적 윤리가 타인을 환대할 뿐만 아니라 자아 또한 변화시킨다는 것을 확인한다. 어떠한 절망을 짊어지고도 웃는다는 것은 단지 감춘다는 의미가 아니다. "흘러가는 일이 거슬러 오르는 일이었다"(「황어가 물살을 샌드백 치듯」)라는 깨달음처럼 필사적으로 삶에 응전하는 얼굴이 있다. 그 얼굴의 근력에 기대어 삶의 물살을 거슬러 오르는 마음이 있다. "매일 입술 양 끝을 올리면 단단한 미소가 될 수 있을까?"(「아르카익 스마일」)라고 그는 답을 구한다. 그리고 단단한 미소는 단단한 존재를 얻게 해 줄까. 우리는 삶의 마지막까지 도달해 보지 못했고, 그래서 답을 알지 못한다. 그렇다고 답해 보는 일, 그렇다고 발음해 보는 일이야말로 이 시집의 미소가 지키고자 하는 혀끝의 윤리일 것이다.

물론 이 시집의 가장 근본적인 자세는 타자에 대한 환대를 예비하고 있다. 시인은 당신을 향해 말한다. "나는 너에게 똑바로 빛을 비추지만 네가 내게 오는 길은 직선이든 선분이든 곡선이든 다 괜찮다"(「등대 자기」). 미소의 역량은 그뿐이다. 지극하고 충실하게 마주하는 일, 그것뿐이다. 당신이 길을 잃지 않게 마중하는 일, 당신이 어둠을 들여다보지 않게 인도하는 일, 당신이 비로소 내게 찾아오도록 매혹하는 일. 이렇듯 미소의 역량은 한 존재가 한 존재와 관계하도록 만드는 출발점일 뿐이다. 이영종 시인은 그 미소의 역량을 깊이 들여다본다. 그 미소를 짊어진 얼굴을 들여다본다. 그리고 얼굴의 이면을 감추는 얼굴의 역량을 떠올리게 한다.

오늘의 눈사람이 반짝였다

2023년 3월 31일 1판 1쇄 펴냄

지은이	이영종
펴낸이	김성규
편집	김안녕 한도연
디자인	신아영
펴낸곳	걷는사람
주소	서울 마포구 월드컵로16길 51 서교자이빌 304호
전화	02 323 2602
팩스	02 323 2603
등록	2016년 11월 18일 제25100-2016-000083호

ISBN 979-11-92333-69-4 04810
ISBN 979-11-89128-01-2 (세트)

* 이 도서는 2020년도 아르코 문학창작기금 지원사업에 선정되어 발간되었습니다.
* 이 책 내용의 전부 또는 일부를 재사용하려면 반드시 지은이와 출판사의 동의를 얻어야 합니다.
* 잘못된 책은 교환해 드립니다.